Pour Monsieur Petitpied docteur en theologie de la faculté de Sorbonne

Sacristain [illegible] de l'eglise de

par S[illegible]

VOCABULAIRE

DE

NOMS FRANÇOIS ET LATINS

DE SAINTS ET DE SAINTES QUE L'ON PEUT DONNER AU BAPTESME ET A LA CONFIRMATION,

Et ſous le titre deſquels une Egliſe ou une Chapelle peut être benie; avec la qualité du Saint ou de la Sainte qui ont porté le même Nom, le lieu où ils ſont honorez, & le jour de leur mort ou de leur Feſte.

(attribué à Mr Chastelain chanoine de Notre dame)
chastelain

A PARIS,

Chez LOUIS JOSSE Imprimeur de Monſeigneur l'Archevêque, ruë ſaint Jacques.

M. DCC.

VOCABULAIRE
DE
NOMS FRANÇOIS ET LATINS
DE SAINTS ET DE SAINTES

que l'on peut donner au Baptême & à la Confirmation, & sous le titre desquels une Eglise ou une Chapelle peut être benie ; avec la qualité du Saint ou de la Sainte qui ont porté le même Nom, le lieu où ils sont honorez, & le jour de leur mort ou de leur Feste.

NOMS DE SAINTS, POUR LES GARÇONS.

Si au Baptême on donne un nom qui ne soit pas icy, comme Armand, Gaston, *& semblables ; on y ajoûtera un des suivans.*

A

Aaron, frere de Moyse ;	*Aaron*, indecl.	1. Juillet.
Aaron, Abbé en Bretagne ;	*Aaron, onis :*	22. Juin.
Abacun, Martyr en Italie ;	*Abachum*, ind.	20. Janvier
Abbain, Abbé en Irlande ;	*Abbânus, i :*	27. Octob.
Abbon, Evêque de Mets ;	*Abbo, onis :*	15. Avril.
Abdas, Martyr en Perse ;	*Abdas, æ :*	31. Mars.
Abdias, Prophete en Samarie ;	*Abdias, æ :*	19. Nov.
Abdiese, Martyr en Perse ;	*Abdiësus :*	6. Avril.
Abdon, Martyr à Rome ;	*Abdon, ónis :*	30. Juillet.
Abédécalas, Martyr en Perse ;	*Abedéchalas, æ :*	21. Avril.
Abel, premier des Justes ;	*Abel*, indeclin.	......
Abel, Evêque de Reims, honoré à Bins ;	*Abel, élis :*	5. Aoust.
Aberce, Evêque en Phrygie ;	*Abercius :*	22. Octob.
Abile, Evêque d'Alexandrie ;	*Abilius :*	21 Fevr.
Abraham, Pere des Fideles ;	*Abraham, æ :*	9. Octob.
Abraham, Solitaire en Hellespont ;	*Abrahâmus, i :*	29. Octob.
Absalon, Martyr en Orient ;	*Absalom*, ind.	2. Mars.
Abscode, Martyr en Italie ;	*Abséodus :*	29. Juillet.

A

Abudême, Martyr en Orient;	*Abudemius:*	15. Juillet.
Acace, Martyr en Orient;	*Acatius:*	22. Juin.
Acaire, Evêque de Noyon;	*Acharius:*	27. Nov.
Accurce, Martyr à Maroc;	*Accurtius:*	16. Avril.
Acepsimas, Evêque & Martyr en Perse;	*Acépsimas, æ:*	10. Octob
Achart, Abbé de Jumieges;	*Aïcadrus:*	15. Sept.
Acheul, Martyr, honoré à Amiens;	*Achéolus:*	1. May.
Achilles, Abbé en Syrie;	*Achilles, is:*	17. Janv.
Acisclé, Martyr à Cordoue;	*Acisclus:*	17. Nov.
Acuce, Martyr à Poussoles;	*Acutius:*	19. Sept.
Adalbaut, Confess. en Périgord, hon. en Fland.	*Adalbaldus:*	2. Février.
Adalbert, Evêque de Prague & Martyr.	*Adalbertus:*	23. Avril.
Adalpret, Evêque de Trente, hon. en Tirol;	*Adalprétus:*	27. Mars.
Adam;	*Adam, æ:*	.....
Adaucte, *Voyez* Af, *&* Adraut.		
Adauque, Martyr en Phrygie;	*Adaucus:*	7. Février.
Adelin, Confesseur en Haynaut;	*Adelinus:*	27. Juin.
Adelme, Evêque de Scherborne en Angleterre;	*Althelmus:*	25. May.
Adelphe, Evêque de Mets;	*Adelphus:*	29. Aoust.
Adeodat, Pape;	*Adeódatus:*	26. Juin.
Adolphe, Evêque d'Osnabruc;	*Adolfus:*	11. Févr.
Adon, Evêque de Vienne en Dauphiné;	*Ado, ónis:*	16. Dec.
Adraut, Martyr en Italie, hon. pres de Mante;	*Adauctus:*	30. Aoust.
Adrien, Martyr à Nicomédie;	*Hadrianus:*	8. Sept.
Adrier, Confesseur en Combraille;	*Adorator:*	5. Mars.
Adrion, Martyr à Alexandrie;	*Adrion, onis:*	17. May.
Aëce, Confesseur à Barcelone;	*Aëtius:*	14. Aoust.
Af, Martyr en Italie, honoré en Picardie;	*Adauctus:*	30. Aoust.
Agamond, Martyr en Angleterre;	*Agamundus:*	25. Sept.
Agape, Martyr à Cesarée en Palestine;	*Agapius:*	21. Nov.
Agapit, Martyr à Palestrine;	*Agapêtus:*	18. Aoust.
Agathange, Martyr à Ancyre;	*Agathangelus:*	5. Nov.
Agathémêre, Martyr en Mysie;	*Agathémerus:*	3. Avril.
Agathodôre, Martyr à Pergame;	*Agathodôrus:*	13. Avril.
Agathon, Pape;	*Agatho, ónis:*	1. Dec.
Agathonique, Martyr à Lilybée;	*Agathonicus:*	22. Aoust.
Agathopode, Diacre, honoré à Antioche;	*Agathopus, odis:*	25. Avril.
Aggée, Prophete;	*Aggæus:*	16. Dec.
Agilée, Martyr, honoré à Carthage;	*Agileus:*	25. Janv.
Agilolf, Ev. de Cologne;	*Agilulfus:*	31. Mars.
Aglibert, Martyr à Chreteil, pres de Paris;	*Aglibertus:*	24. Juin.
Agnan, Evêque d'Orleans;	*Anianus:*	17. Nov.
Agoard, Martyr à Chreteil;	*Agoardus:*	24. Juin.
Agobard. *Voyez* Aguebaut.		
Agolin, Confesseur, honoré en Auvergne;	*Aquilinus:*	.... May.
Agrève, Evêque de Puy;	*Agripanus:*	1. Février.
Agrice, Evêque de Sens;	*Agritius:*	13 Juin.

Agricole, Martyr à Boulogne en Italie;	*Agricola:*	27. Nov.
Agrippin, Evêque de Come en Italie;	*Agrippinus:*	17. Juin.
Aguebaut, Evêque de Lyon;	*Agobardus:*	6. Juin.
Ajoutre, moine de Tiron, honoré à Vernon;	*Adjutor, oris:*	30. Avril.
Ajudou, Conf. h. à Clermont en Auvergne;	*Adjutor:*	26. Juin.
Aigne, Evêque de Périgueux;	*Anianus:*	......
Aiplomay, Evêque de Valence en Dauphiné;	*Apollinaris:*	5. Octob.
Airy, Evêque de Verdun;	*Agrîcus:*	1. Dec.
Alain, Confeſſeur en Bretagne;	*Alanus:*	27. Dec.
Albans, Martyr en Angleterre;	*Albanus:*	22. Juin.
Albert, Carme en Sicile;	*Albertus:*	7. Aouſt.
Alboin, Evêque de Breſſenon en Tirol;	*Alboïnus:*	5. Février.
Alcas, Evêque de Toul;	*Alchas, æ:*	26. Aouſt.
Alderald, Chanoine de Troies;	*Adroldus:*	20. Oct.
Aldobrand, Evêque de Bagnarée en Italie;	*Aldrovandus:*	19. Aouſt.
Aldric, Evêque du Mans;	*Alderîcus:*	7. Janv.
Aleaume, moine de la Chaiſe-Dieu;	*Adelelmus:*	30. Janv.
Aleran, Conf. honoré en Bretagne;	*Aleranus:*	.....
Aleu, Evêque d'Auxerre;	*Alodius:*	28. Sept.
Alexandre, Pape & Martyr;	*Alexander, dri:*	3. May.
Alexis, Confeſſeur, honoré à Rome;	*Alexius:*	17. Juillet.
Alfier, Abbé de Cave en Italie;	*Adelferius:*	12. Avril.
Algot, Evêque de Coire;	*Adelgôtus:*	3. Octobr.
Almache, Martyr à Rome;	*Almachius:*	1. Janvier.
Almèr, Evêque de Senlis;	*Almárus:*	7. Nov.
Aloin, ~~Martyr~~ Moine en Egypte;	*Alonius:*	4. Juin.
Aloir, Evêque de Quimper;	*Alôrus:*	27. Oct.
Alpin, Evêque de Châlons,	*Alpînus;*	7. Sept.
Alpinien, Confeſſeur en Limouſin;	*Alpinianus:*	26. Avril.
Alype, Martyr en Grece;	*Alypius:*	27. May.
Alyre, Evêque de Clermont;	*Illidius:*	5. Juin.
Amable, Curé à Riom;	*Amabilis, is:*	1. Nov.
Amadour, Confeſſeur en Quercy;	*Amator, oris:*	20. Aouſt.
Amand, Evêque de Maſtrict;	*Amandus:*	6. Février.
Amandis, Confeſſeur en Auvergne;	*Amandinus:*	7 Nov.
Amaranthe, Martyr à Alby;	*Amaranthus:*	7. Nov.
Amatre, Evêque d'Auxerre;	*Amator:*	1. May.
Ambroiſe, Evêque de Cahors;	*Ambroſius:*	16. Oct.
Ambroiſe, Evêque de Milan;	*Ambroſius:*	4. Avril.
Amé, Evêque de Sens, honoré à Douay en Fl.	*Amatus:*	29. Avril.
Amédée, Duc de Savoie;	*Amedeus:*	30. Mars.
Amet, premier Abbé de Remiremont;	*Amatus:*	13. Sept.
Ammien, Martyr à Candaule en Orient;	*Ammianus:*	4. Sept.
Ammon, Solitaire en Egypte;	*Ammon, onis:*	3. Octob.
Amolvin, Corévêque, honoré en Haynaut;	*Amolvinus:*	7. Février.
Amos, Prophete;	*Amos:* indeclin.	31. Mars.
Amour, Diacre à Monſtrebilſe, vers Tongres;	*Amor, oris:*	8. Octob.

Ampele, Solitaire pres de Gennes;	*Ampelius*:	4. Octob.
Amphien, Martyr à Césarée en Palestine;	*Apphianus*:	2. Avril.
Amphiloque, Evêque d'Icône;	*Amphilochius*:	23. Nov.
Anaclet, Pape, (*Voyez* Clet);	*Anacletus*:	26. Avril.
Ananias, Martyr en Perse;	*Ananias*:	1. Dec.
Ananie, Disciple de S. Paul;	*Ananias, æ*:	1. Octob.
Anastâse, moine, Martyr en Perse;	*Anastasius*:	22. Janv.
Anatole, Evêque de Laodicée;	*Anatolius*:	3. Juillet.
And, Martyr à Rome, honoré vers Lyon;	*Abundius*:	26. Aoust.
Andeole, Martyr en Vivarais;	*Andéolus*:	1. May.
Andoche, Martyr à Saulieu;	*Andochius*:	24. Sept.
André, Apôtre;	*Andreas, æ*:	30. Nov.
Andronique, Orfévre à Jérusalem;	*Andronicus*:	9. Octob.
Anect, Martyr à Corinthe;	*Anectus*:	10. Mars.
Aneimpodiste, Martyr en Perse;	*Anempodistus*:	2. Nov.
Aneinclet, Pape, (*Voyez* Anaclet);	*Anenclêtus*:	26. Avril.
Anême, Evêque de Poitiers;	*Antimius*:	3. Dec.
Ange, Carme en Sicile;	*Angelus*:	5. May.
Angelaume, Confesseur, honoré à Auxerre;	*Angelelmus*:	7. Juillet.
Anicet, Pape;	*Anicêtus*:	17. Avril.
Annemond, Abbé en Poitou;	*Auremundus*:	9. Juillet.
Annon, Evêque de Cologne;	*Anno, onis*:	4. Dec.
Ansan, Martyr à Sienne;	*Ansánus*:	1. Dec.
Ansbert, Evêque de Rouen;	*Ansbertus*:	9. Février.
Anscaire, Evêque d'Hambourg;	*Anscharius*:	3. Février.
Anségise, Abbé de Saint-Vandrille;	*Ansegîsus*:	20. Juillet.
Anseaume, *ou* Anselme, Evêque de Cantorbery;	*Anselmus*:	21. Avril.
Ansery, Evêque de Soissons;	*Ansiracus*:	5. Sept.
Ansevin, Evêque de Camerin;	*Ansovinus*:	13. Mars.
Ansillon, moine de Lagny;	*Ansilio, onis*:	11. Octob.
Ansu, Martyr à Cadonac en Rouergue;	*Ansutus*:	16. Octob.
Antège, Evêque de Langres;	*Antidius*:	14. Nov.
Antere, Pape;	*Anteros, ôtis*:	3. Janvier.
Anthelme, Evêque du Belley;	*Anthelmus*:	26. Juin.
Anthime, Evêque de Nicomédie, Martyr;	*Anthimus*:	27. Avril.
Anthiogue, honoré en Sardeigne;	*Antiochus*:	13. Dec.
Antipas, Martyr à Pergame;	*Antipas, æ*:	11. Avril.
Antipatèr, Evêque de Bostres en Arabie;	*Antipater, tris*:	13. Juin.
Antoine, Abbé en Egypte;	*Antonius*:	17. Janv.
Antolein, Martyr en Auvergne;	*Anatolianus*:	6. Février.
Antonin, Martyr à Pamiers;	*Antoninus*:	2. Sept.
Anub, Solitaire en Egypte;	*Anub*, indeclin.	6. Juin.
Aphraates, Solitaire en Syrie;	*Aphraates, is*:	7. Avril.
Aphrodise, premier Evêque de Béziers;	*Aphrodisius*:	22. Mars.
Aphthône, Martyr en Perse;	*Aphthonius*:	2. Nov.
Apodême, Martyr à Sarragosse;	*Apodemius*:	16. Avril.
Apollinaire, Evêque de Ravenne;	*Apollinaris*:	23. Juillet.

Apollo

Apollo, coadjuteur de S. Paul;	*Apollo*, ind.	10. Juin.
Apollône, Senateur, Martyr à Rome;	*Appollonius:*	18. Avril.
Apothême, Evêque d'Angers;	*Hypothemius:*	20. Nov.
Appaçâre, Martyr à Alexandrie, hon. à Rome;	*Abbácyrus:*	31. Janv.
Apronien, Martyr à Rome;	*Apronianus:*	2. Février.
Apulée, Martyr à Rome;	*Apuleius:*	7. Octob.
Aquidan, Martyr en Thrace;	*Acyndinus:*	22. Aoust.
Aquile, Disciple de S. Paul;	*Aquila, æ:*	14. Juillet.
Aquilin, Evêque d'Evreux;	*Aquilinus:*	15. Févr.
Arbogaste, Evêque de Strasbourg;	*Arbogastus:*	21. Juillet.
Arbon, Martyr;	*Arbonus:*	3. May.
Arcade, Evêque de Bourges;	*Arcadius:*	1. Août.
Arcan, Solit. à Bourg-Saint-Sepulcre en Italie;	*Arcanus:*	1. Sept.
Archambaud, Evêque de Londres;	*Eorcunvaldus:*	30. Avril.
Arcons, Evêque de Viviers, Martyr;	*Arcontius:*	8. Janvier.
Ardaing, Abbé de Tornus,	*Ardagnus:*	11. Févr.
Ardouin, Confesseur à Riminy;	*Arduinus:*	15. Aoust.
Arétas, Martyr à Nagran en Arabie;	*Aretas, æ:*	24. Octo.
Arey, Evêque de Gap;	*Aredius:*	1. May.
Argymir, moine, Martyr à Cordoue;	*Argymîrus:*	28. Juin
Arille, Evêque de Nevers;	*Agricola, æ:*	26. Févr.
Aristarque, Evêque de Thessalonique;	*Aristarchus:*	4. Aoust.
Aristides, Confesseur à Athenes;	*Aristides, is:*	31. Aoust.
Aristobule, Disciple de S. Paul;	*Aristobulus:*	16. Mars.
Aristoclès, Prêtre, Martyr en Cypre;	*Aristocles, is:*	23. Juin.
Ariston, Martyr à Port;	*Ariston, onis:*	13. Dec.
Aristonique, Martyr en Arménie;	*Aristonicus:*	19. Avril.
Armentaire, Evêque de Pavie;	*Armentarius:*	30 Janv.
Armogaste, Confesseur sous Genseric;	*Armogastes, is,*	29. Mars.
Arnaud, Evêque de Mets;	*Arnaldus:*	9. Octob.
Arnou, Evêque de Mets;	*Arnulfus:*	16. Aoust.
Arpin, Evêque de Naples;	*Agrippinus:*	9. Nov.
Arpylas, Solitaire, Martyr pres le Danube;	*Arpylas, æ:*	26. Mars.
Arrhien, Martyr à Alexandrie;	*Arrhianus:*	4. Mars.
Arsace, Confesseur à Nicomédie;	*Arsacius:*	16. Aoust.
Artaxes, Martyr en Afrique;	*Artaxes, is:*	9. Janv.
Artemas, Disciple de S. Paul;	*Artemas, æ:*	30. Oct.
Artême, Evêque de Clermont;	*Artemius:*	24. Janv.
Artémidore, Martyr en Grece;	*Artemidôrus:*	9. Sept.
Artémon, Evêque en Pisidie;	*Artemon, onis:*	24. Mars.
Aruspique, Martyr à Antioche;	*Aruspicus:*	16. Nov.
Asaph, Evêque en Angleterre;	*Asaph, aphis:*	1. May.
Asclas, Martyr à Antinoé en Egypte;	*Asclas, æ:*	21. Janv.
Asclépiades, Evêque d'Antioche, Martyr;	*Asclepiades, is:*	18. Octob.
Asclépiodote, Martyr à Andrinople;	*Asclepiódotus:*	15. Sept.
Aspais, honoré à Melun;	*Aspasius:*	1. Janvier.
Astier, Confesseur en Périgord;	*Asterius:*	20. Avril.

Athanase, Evêque d'Alexandrie; *Athanasius*: 2. May.
Athenodore, Evêque au Pont; *Athenodorus*: 9. Février.
Athénogenes, Corévêque, Martyr à Sebaste; *Athénogenes, is*: 17. Juillet.
Attale, Abbé de Bobio; *Attalas, a*: 10. Mars.
Attique, Martyr en Phrygie; *Atticus*: 6. Nov.
Aventin, Confesseur à Troies; *Aventinus*: 4. Février.
Avertain, Limousin, Carme à Lucques; *Albertanus*: 25. Févr.
Avertin, Chan. reg. h. à Bougival pres de Paris; *Avertinus*: 5. May.
Avit, Abbé au Perche; *Avitus*: 17. Juin.
Avol, Martyr en Italie, honoré en Lorraine; *Nabor, oris*: 12. Juin.
Avond, Martyr à Rome; *Abundius*: 26. Aoust.
Aubert, Evêque de Cambray; *Autbertus*: 13. Dec.
Aubin, Evêque d'Angers; *Albinus*: 1. Mars.
Aubry, Corévêque à Mombrizon; *Alberîcus*: 7. Janvier.
Audax, Martyr à Thiore en Italie; *Audax, acis*: 9. Juillet.
Audifax, Martyr en Italie; *Audifax, acis*: 19. Janv.
Augis, Confesseur en Thiérache; *Adalgîsus*: 2. Juin.
Auguste, Martyr à Nicomédie; *Augustus*: 7. May.
Augustien, Martyr à Capoue; *Augustianus*: 16. Nov.
Augustin, Evêque d'Hippone, Doct. de l'Egl. *Augustinus*: 28. Aoust.
Aule, Evêque de Londres; *Angulus*: 7. Février.
Aunaire, Evêque d'Auxerre; *Aunacharius*: 25. Sept.
Aunobert, Evêque de Sées; *Alnobertus*: 7. Sept.
Aurele, Martyr à Cordoue; *Aurelius*: 27. Juillet.
Aurélien, Evêque d'Arles; *Aurelianus*: 16. Juin.
Ausone, Evêque d'Angoulême; *Ausonius*: 22. May.
Auspice, Evêque de Toul; *Auspicius*: 8. Juillet.
Austrebert, Evêque de Vienne en Dauphiné; *Austrebertus*: 5. Juin.
Austremoine, Evêque de Clermont; *Austremonius*: 1. Nov.
Austriclinien, Prêtre en Limousin; *Austriclianus*: 5. Octob.
Autaire, Confesseur à Ussy sur Marne; *Autarius*: 24. Avril.
Autal, Evêque, mort à Arles; *Augustalis, is*: 7. Sept.
Auxence, Abbé en Bithynie; *Auxentius*: 14. Fev.
Azadanes, Martyr en Perse; *Azadanes, is*: 6. Avril.
Azarie, Prophete en Judée; *Azarias, a*: 3. Février.

B

BAbolein, Abbé de S. Maur pres de Paris; *Babolenus*: 26. Juin.
Babyle, Evêque d'Antioche, Martyr; *Babylas, a*: 24. Janv.
Bacq, Martyr en Orient; *Bacchus*: 7. Octob.
Badilon, Abbé de Leuze; *Badilo, onis*, 8. Octob.
Bâle, Confesseur pres de Louvoie; *Basolus*: 26. Nov.
Bandriz, Evêque de Soissons; *Bandarides, is*: 2. Aoust.
Barbatien, Prêtre à Ravenne; *Barbatianus*: 31. Dec.
Bardols, Abbé de Bobio; *Bertulfus*: 19. Aoust.
Bardomien, Martyr en Orient; *Bardomianus*, 25. Sept.
Barlaan, Martyr en Capadoce; *Barlaam*, ind. 19. Nov.

Barnabé, Apôtre des Gentils;	*Barnabas, æ:*	11. Juin.
Barſabas, Martyr en Perſe;	*Barſabas, æ:*	11. Dec.
Barſanuphe, Solitaire en Paleſtine;	*Barſanuphius:*	6. Février.
Barthèlemy Apôtre;	*Bartholomæus:*	24. Aouſt.
Barulas, enfant, Martyr à Antioche;	*Barulas, æ:*	18. Nov.
Baſile, Evêque de Céſ. en Capp. Doct. de l'Egl.	*Baſilius:*	1. Janvier.
Baſilée, Evêque d'Amaſée;	*Baſileus:*	28. Mars.
Baſilides, Martyr en Italie;	*Baſilides:*	12. Juin.
Baſiliſque, Martyr à Comanes;	*Baſiliſcus:*	3. Mars.
Baſin, Evêque de Tréves;	*Baſinus:*	4. Mars.
Baſon, Confeſſeur à Laon;	*Baſo, onis:*	7. May.
Baſſien, Evêque de Lôdy;	*Baſſianus:*	19. Janv.
Bavon, Confeſſeur à Gand;	*Bavo, onis:*	1. Octob.
Baudille, Martyr à Nîmes;	*Baudelius:*	20. May.
Baudouin, Archidiacre à Laon;	*Balduinus:*	8. Janv.
Baudry, mort à Reims;	*Baldericus:*	8. Octob.
Baumèr, Confeſſeur, honoré au Perche;	*Baudomirus:*	3. Nov.
Bauſſenge, honoré à Rameru;	*Balſemius:*	15. Aouſt.
Bede, ~~Martyr~~ Moine en Angleterre;	*Beda, æ:*	25. May.
Belin, Evêque de Padoue, Martyr;	*Bellinus:*	26. Nov.
Bénédet, Evêque de Milan;	*Benedictus:*	11. Mars.
Bénézet, berger à Avignon;	*Benedictus:*	14. Avril.
Benjamin, Diacre en Perſe;	*Benjamin: ind.*	31. Mars.
Benigne, Martyr à Dijon;	*Benignus:*	1. Nov.
Benoiſt, Abbé de Moncaſſin;	*Benedictus:*	21. Mars.
Beraire, Evêque du Mans;	*Berarius:*	16. Octob.
Bérard, de l'O. de S. François, M. en Afrique;	*Berardus:*	16. Janv.
Bercaire, Abbé de Montirendé;	*Bercharius:*	26. Mars.
Béreng, Martyr en Tourraine;	*Benignus:*	25. Oct.
Bérengér, Moine à S. Papoul;	*Berengarius:*	26. May.
Bergoin, Evêque de Véronne;	*Verecundus:*	22. Oct.
Bermond, Abbé en Navârre;	*Veremundus:*	8. Mars.
Bernard, Abbé de Clervaux;	*Bernardus:*	20. Aouſt.
Bernardin, de l'Ordre S. François;	*Bernardinus:*	20. May.
Bernier, Confeſſeur pres de Salerne;	*Bernerus:*	10. Nov.
Bertaud, Confeſſeur en Retelois;	*Bertaldus:*	16. Juin.
Berteaume, penitent à Stafford;	*Bertelmus:*	9. Sept.
Berthier, Prêtre en Franchecomté;	*Bertarius:*	6. Juillet.
Bertin, Abbé, honoré à St Omer;	*Bertinus:*	5. Sept.
Bertou, Confeſſeur à Renty;	*Bertulfus:*	5. Février.
Bertran, Evêque du Mans;	*Bertichramnus:*	30. Juin.
Bertrand, Archidiacre à Toulouſe;	*Bertrandus:*	16. Oct.
Bês, Confeſſeur à S. Denys en France;	*Beteſus;*	22. Avril.
Beſſarion, Abbé à Trebizonde;	*Beſarion, onis:*	6. Juin.
Bévignates, moine à Pérouſe;	*Bevignates, is:*	14 May.
Beury, Berger en Bourgogne;	*Baudericus:*	8. Juillet.
Beuvon, Soldat Provençal;	*Bobo:*	21. May.

Bicor, Evêque en Perse, Martyr;	*Bicor, oris*;	6. Avril.
Bié, Confesseur, honoré au Maine;	*Beatus* :	9. May.
Bistamone, Martyr en Egypte;	*Bistamonius* :	4. Juin.
Blaise, Evêque de Sebaste, Martyr;	*Blasius* :	3. Février.
Blanchard, Confesseur en Brie;	*Blancardus* :	10. Mars.
Blandin, Solitaire en Brie;	*Blandinus* :	1. May.
Blidran, Evêque de Vienne en Dauphiné;	*Blidramnus* :	22. Janv.
Blier, Confesseur pres de Sezanne en Brie;	*Blitarius* :	11. Juin.
Blimond, Abbé de S. Valery;	*Blithmundus* :	3. Janvier.
Boaire, Evêque de Chartres;	*Betarius* :	2. Aoust.
Bobin, Evêque de Troies;	*Bobinus* :	31. Janv.
Bonaventure, Cardinal Evêque d'Albane;	*Bonaventura, æ*:	13. Juillet.
Boniface, Evêque de Maïence, Martyr;	*Bonifacius* :	5. Juin.
Bonizet, Solitaire en Poitou;	*Benedictus* :	23. Octob.
Bont, Evêque de Clermont;	*Bonitus* :	16. Janv.
Bourbaz, Martyr en Bugey;	*Vulbandus* :	10. May.
Brancas, Evêque de Taormine;	*Pancratius* :	3. Avril.
Brice, Evêque de Tours;	*Brictius* :	13. Nov.
Brieu, Evêque en Bretagne;	*Briôcus* :	1. May.
Bruno, Instituteur des Chartreux;	*Bruno, onis* :	6. Octob.
Brunon, Evêque de Virsbourg;	*Bruno, onis* :	27. May.
Buêle, Confesseur en Lorraine;	*Bodigisilus* :	18. Dec.
Buzeu, Abbé de Dol en Bretagne;	*Budôcus* :	19. Nov.

C

Cade, Evêque, honoré à Bourges;	*Chadus* :	28. Dec.
Caïe, Pape & Martyr;	*Caius* :	22. Avril.
Calépode, Prêtre, Martyr à Rome;	*Calepodius* :	22. Avril.
Calès, Abbé au Maine;	*Cariléfus* :	1. Juillet.
Calimèr, Evêque de Milan, Martyr;	*Calimerius* :	31. Juillet.
Callinique, Martyr à Gangres;	*Callinicus* :	29. Juil.
Callioniste, Evêque d'Atry;	*Callionistus* :	7. Février.
Calliope, Martyr à Pompéiopolis;	*Calliopus* :	7. Avril.
Calliste, Pape & Martyr;	*Callistus* :	14. Oct.
Callistrate, Martyr à Rome;	*Callistratus* :	26. Sept.
Calocèr, Martyr à Arbeingue;	*Calócerus* :	18. Avril.
Camille, Evêque de Milan;	*Camillus* :	10. Janv.
Caluppan, Reclus en Auvergne;	*Caluppa, æ* :	3. Mars.
Candide, Martyr à Rome;	*Cínaidus* :	3. Octob.
Candre, Evêque, mort à Mastrict;	*Cándidus* :	1. Dec.
Cannat, Evêque de Marseille;	*Cannítus* :	15. Octob.
Cance, Martyr à Aquilée;	*Cantius* :	31. May.
Canides, Confesseur en Capadoce;	*Canídes, is* :	10. Juin.
Cannoalt, Evêque de Laon;	*Chagnoaldus* :	4. Sept.
Cantidien, Martyr en Orient;	*Cantidianus* :	5. Aoust.
Cantien, Martyr à Aquilée;	*Cantianus* :	31. May.

Canut

Canut, Roy de Danemarc;	*Canutus:*	10. Juillet
Capiton, Evêque en Cherſoneſe;	*Capito, onis:*	22. Dec.
Caprais, Martyr à Agèn;	*Caprasius:*	20. Oct.
Caradeu, Prêtre, honoré à Donzy;	*Caradocus:*	13. Avril.
Caralampe, Martyr en Piſidie;	*Charalampius:*	10. Fév.
Caralippe, Martyr à Tarſe;	*Caralippus:*	18. Avril.
Carenec, Abbé en Irlande;	*Caréntocus:*	16. May.
Cariton, Martyr à Rome;	*Carito, onis:*	12. Juin.
Carmery, Duc d'Aquitaine;	*Calminius:*	19. Aouſt.
Carné, honoré à Dinan en Bretagne;	*Carnetus:*	15. Nov.
Carpophore, Martyr à Côme;	*Carpóphorus:*	7. Aouſt.
Cartaut, Evêque de Tarente;	*Cataldus:*	8. May.
Caſimir, Prince de Lithuanie;	*Caſimirus:*	4. Mars.
Caſſien, Evêque d'Autun;	*Caſſianus:*	5. Aouſt.
Caſſy, Martyr en Auvergne;	*Caſſius:*	15. May.
Caſte, Martyr en Afrique;	*Caſtus:*	22. May.
Caſtor, Evêque d'Apt.	*Caſtor, oris:*	21. Sept.
Caſtritien, Evêque de Milan;	*Caſtritianus:*	1. Dec.
Catel, Evêque de Caſtelamare;	*Catellus:*	19. Janv.
Caton, Martyr en Afrique;	*Cato, ônis:*	28. Dec.
Caulin, Martyr à Carthage;	*Catulinus:*	15. Juillet.
Celerin, Lecteur en Afrique;	*Celerinus:*	3. Février.
Célien, Martyr à Trieſte;	*Cælianus:*	10. May.
Celſe, Martyr à Milan;	*Celſus:*	28. Juill.
Cémon, Chantre en Angleterre;	*Ceadmannus:*	11. Fév.
Céran, Evêque de Paris;	*Ceraunus:*	27. Sept.
Céras, Evêque de Grenoble;	*Ceracius:*	6. Juin.
Cerboney, Evêque de Populonio;	*Cerbonius:*	17. Oct.
Ceré, Evêque d'Eauſe;	*Ceratus:*	24. Avril.
Cerin, Martyr en Vexin;	*Cyrinus:*	11 Oct.
Céſaire, Evêque d'Arles;	*Cæſarius:*	27. Aouſt.
Cezadre, Evêque de Limoges;	*Ceſſator:*	15. Nov.
Châfre, Abbé en Vellay;	*Theofridus:*	19 Octob.
Charles, Cardinal, Evêque de Milan;	*Carolus:*	4. Nov.
Chaumond, Evêque de Lyon, Martyr;	*Enemundus:*	28. Sept.
Chelirs, Evêque de Javoux;	*Hilarius:*	25. Octob.
Cherf, Abbé à Vienne en Dauphiné;	*Theuderius:*	29. Oct.
Chéron, Martyr à Chartres;	*Ceraunus:*	28. May.
Chriſtien, Martyr en Orient;	*Chriſtianus:*	4. Dec.
Chriſtofle, Martyr en Orient;	*Chriſtophorus:*	25. Juillet.
Chromace, Evêque d'Aquilée;	*Chromatius:*	2. Dec.
Chryſanthe, Martyr à Rome;	*Chryſanthus:*	25. Oct.
Chryſogone, Martyr à Aquilée;	*Chryſógonus:*	24 Nov.
Ciergues, Martyr à Ant. honoré en Guienne;	*Cyricus:*	16. Juin.
Clair, Prêtre, Martyr en Vexin;	*Clarus:*	4. Nov.
Clars, Evêque d'Alby;	*Clarus:*	1. Juin.
Claude, Evêque de Beſançon;	*Claudius:*	6. Juin.

Claudien, Confeſſeur à Trente;	*Claudianus:*	6. Mars.
Clement, Pape & Martyr;	*Clemens, entis:*	23. Nov.
Clementien, Martyr en Afrique;	*Clementianus:*	17. Dec.
Clementin, Martyr en Thrace;	*Clementinus:*	14. Nov.
Cleomenes, Martyr en Candie;	*Cleomenes, is:*	23. Dec.
Cleonique, Martyr à Comanes;	*Cleonicus:*	3. Mars.
Cleophas, Diſciple de Nôtre Seigneur;	*Cleophas, æ:*	23. Oct.
Clet, Pape & Martyr;	*Anencletus:*	26. Avril.
Cloud, Prêtre pres de Paris;	*Clodoaldus:*	7. Sept.
Clou, Evêque de Mets;	*Clodulfus:*	8. Juin.
Colman, Martyr à Virſbourg;	*Colomannus:*	8. Juillet
Colomban, premier Abbé de Luxeu;	*Columbanus:*	21. Nov.
Colombin, Inſtituteur des Jéſuates;	*Colombinus:*	31. Juillet.
Condé, Solitaire prés Caudebec;	*Condedus:*	21. Octob.
Conrad, Princier de l'Egliſe de Cologne;	*Corradus:*	1. Juin.
Conſtance, Evêque de Gap;	*Conſtantius:*	12. Avril.
Conſtantien, Abbé au Maine;	*Conſtantianus:*	1. Dec.
Conſtantin, Confeſſeur en Calabre;	*Conſtantinus:*	2. May.
Cône, Benedictin en Italie;	*Conus:*	3. Juin.
Conteſt, Evêque de Baïeux;	*Contextus:*	19. Janv.
Corbinien, Ev. de Friſinge, né à Châtre;	*Corbinianus:*	8. Sept.
Corentin, premier Evêque de Quimper;	*Corentinus:*	12. Dec.
Corneille, Pape;	*Cornelius:*	14. Sept.
Coſme, Martyr en Orient;	*Coſmas:*	27. Sept.
Cougat, Martyr à Barcelonne;	*Cucufas, atis:*	25. Juillet.
Courcodême, Confeſſeur à Auxerre;	*Curcodomus:*	18. May.
Couvoyon, premier Abbé de Redon en Bretag.	*Convoio, onis:*	5. Janv.
Crépin, Martyr à Soiſſons;	*Criſpinus:*	25. Octob.
Criſpe, Martyr à Rome;	*Criſpus:*	18. Aouſt.
Cunibert, Evêque de Cologne;	*Cunibertus:*	12. Nov.
Cuthbert, Evêque de Lindisfarne;	*Cuthbertus,*	20. Mars.
Cybar, Reclus à Angoulême;	*Eparchius:*	1. Juillet.
Cyprien, Evêque de Carthage, Martyr;	*Cyprianus:*	14. Sep.
Cyr, enfant, Martyr à Anthioche;	*Cyricus:*	16. Juin.
Cyriaque, Martyr à Rome;	*Cyriacus:*	16. Mars.
Cyrille, Evêque d'Alexandrie;	*Cyrillus:*	28. Janv.
Cyvran, Confeſſeur en Poitou;	*Cyprianus:*	14. Juin.

D

DAbert, Evêque de Bourges;	*Dagobertus:*	15. Fevr.
Dace, Evêque de Milan;	*Datius:*	14. Janvier
Dagobert, Martyr pres de Stenay;	*Dagobertus:*	23. Dec.
Dalmace, Evêque de Pavie, Martyr;	*Dalmatius:*	5. Dec.
Dalmas, Evêque de Rodèz;	*Dalmatius:*	13. Nov.
Damarin, Martyr à Volvic en Auvergne;	*Amarinus:*	25 Janvier
Damaſe, Pape;	*Damaſus:*	11. Dec.

Damien, Martyr en Orient;	*Damianus*:	27. Sep.
Danactes, Martyr en Illyrie;	*Danactes, is*:	16. Janv.
Daniel, Prophete;	*Daniel, elis*:	21. Juillet.
Darius, Martyr à Nicée;	*Darius*:	19. Dec.
David, Roy & Prophete;	*David, idis*:	29. Dec.
Davin, Confesseur à Lucques;	*Davînus*:	3. Juin.
Daulé, Evêque de Vincestre;	*Ethelvoldus*:	1. Aoust.
Deel, premier Abbé de Lure;	*Deicola, æ*:	18. Janv.
Démetre, Martyr à Thessalonique;	*Demetrius*,	8. Octob.
Démocrite, Martyr à Synnade;	*Demócritus*:	31. Juillet.
Denys, premier Evêque de Paris, Martyr;	*Dionysius*:	9. Octob.
Desiré, Evêque de Bourges;	*Desideratus*:	8. May.
Didier, Evêque de Langres, Martyr;	*Desiderius*:	23. May.
Didyme, Martyr à Alexandrie;	*Didymus*:	28. Avril.
Dié, Evêque de Nevers;	*Deódatus*:	19. Juin.
Diegue, de l'Ordre de saint François;	*Dídacus*:	12. Nov.
Dimenche, Abbé en Italie;	*Dominicus*:	22. Janv.
Dimidrien, Evêque de Véronne;	*Demetrianus*:	15. May.
Dinevaut, Martyr, honoré à Beauvais;	*Donoaldus*:	11. Aoust.
Diodore, Martyr en Carie;	*Diodôrus*:	29. Avril.
Diogenes, Martyr en Macédoine;	*Diógenes, is*:	6. Avril.
Diomedes, Martyr en Bithynie;	*Diómedes, is*:	9. Juin.
Dion, Martyr en Italie,	*Dion, onis*:	6. Juillet.
Dioscore, Martyr en Egypte;	*Dióscorus*:	18. May.
Dioscorides, Martyr en Ionie;	*Dioscorides, is*:	11. May.
Dîrié, révéré à Gourdon en Bourgogne;	*Desideratus*:	30. Avril.
Divitien, Evêque de Soissons;	*Divitianus*:	5. Octob.
Dodolin, Evêque de Vienne en Dauphiné;	*Dodolinus*:	1. Avril.
Dodon, Martyr en Thiérache;	*Dodo, onis*:	1. Octob.
Domice, Chanoine d'Amiens;	*Domitius*:	23. Octob.
Domingue, Dominique, } Instituteur des Freres Prescheurs;	*Dominicus*:	6. Aoust.
Domitien, solitaire en Haynaut;	*Domitianus*:	21. Juin.
Domne, Evêque d'Antioche;	*Domnus*:	2. Janv.
Domnole, Evêque du Mans;	*Domnolus*:	1. Dec.
Donat, Prêtre à Sisteron;	*Donatus*:	19. Aoust.
Donatien, Martyr à Nantes;	*Donatianus*:	24. May.
Donstan, Evêque de Cantorbie;	*Dunstanus*:	19. May.
Dorymédon, Martyr à Synnade;	*Dorymedon, ontis*	19. Sep.
Dosithée, Martyr en Palestine;	*Dositheus*:	23. Fév.
Drausin, Evêque de Soissons;	*Drausius*,	5. Mars.
Dreux, Confesseur pres de Valenciennes;	*Drogo, onis*:	16. Avril.
Droctovée, prem. Abbé de S. Germain des Prez;	*Droctoveus*:	10. Mars.
Drouaut, Evêque d'Auxerre;	*Droctoaldus*:	8. Nov.
Drusus, Martyr en Orient;	*Drusus*,	24. Dec.
Dumîny, Conf. honoré au Gimel en Limoge;	*Dominius*:	13. Nov.

E.

Ebbon, Evêque de Sens;	*Ebbo, onis*,	27. Aoust.
Ebrigisile, Evêque de Meaux;	*Ebrigisilus*:	31. Aoust.
Edese, Martyr à Alexandrie;	*Ædesius*:	8. Avril.
Edilbert, Roy des Cantiens;	*Edilbertus*:	24. Février
Edouard, Roy d'Angleterre;	*Eduardus*:	4. Janv.
Egobille, Martyr en Vexin;	*Scuviculus*:	11. Octob.
Eguigner, Martyr à Ploudiry;	*Fingar, aris*:	14. Dec.
El, premier Abbé de Rébay;	*Agilus*:	30. Aoust.
Eleazar, Martyr à Lyon;	*Eleazarus*:	23. Aoust.
Elesbaan, Roy d'Ethiopie;	*Elesbaan*, ind.	27. Oct.
Eleucade, Evêque de Ravenne;	*Eleuchadius*:	14. Février
Eleusippe, Martyr honoré à Langes;	*Eleusippus*:	17. Janv.
Eleuthere, Martyr à Paris,	*Eleutherius*:	9. Octob.
Elfege, Evêque de Cantorbie, Mart.	*Elfeagus*:	19. Avril.
Elie, Martyr en Calabre;	*Elias, æ*:	19. Juillet.
Eliphe, Martyr à Toul;	*Eliphius*:	16. Oct.
Elisée, Prophete en Samarie;	*Eliseus*:	14. Juin.
Elme, Evêque Martyr, en Italie;	*Erasmus*:	3. Juin.
Elouan, Conf. honoré en Bretagne;	*Lugidianus*:	4. Aoust.
Eloy, Evêque de Noyon;	*Eligius*:	1. Dec.
Elpide, Evêque de Lyon;	*Elpidius*:	2. Sept.
Elpidéphore, Martyr en Perse;	*Elpidéphorus*:	2. Nov.
Elsiaire, Moine de Lavedan en Bigôrre;	*Adelzarius*:	5. Juin.
Elzear, Comte, mort à Paris;	*Elzearius*:	27. Sept.
Emery, Prince de Hongrie;	*Emericus*:	4 Nov.
Emile, Martyr en Afrique;	*Æmilius*:	22. May.
Emilien, Moine de Redon;	*Æmilianus*:	11. Oct.
Emilion, Abbé en Guienne;	*Æmilianus*:	16. Nov.
Emmanieu, } Emmanuel, } *c'est-à-dire* Dieu avec nous,	*Emmanuel*: ind.	25. Mars.
Emmanuel, Martyr en Orient;	*Emmanuel, elis*:	25. Mars.
Emmeran, Evêque de Ratisbonne, Martyr;	*Emmerammus*:	22. Sept.
Emond, Roy d'Angleterre, Martyr;	*Eadmundus*:	20. Nov.
Emygde, Evêque d'Ascoli;	*Emygdius*:	5. Aoust.
Endée, Abbé en Irlande;	*Endeus*:	21. Mars.
Englemèr, Laboureur en Baviere;	*Engelmârus*:	14. Janv.
Englemond, Abbé en Hollande;	*Engelmundus*:	21. Juin.
Ennode, Evêque de Pavie;	*Ennodius*:	17. Juillet.
Eoban, Martyr en Frislande;	*Eöbanus*:	5. Juin.
Epain, honoré en Touraine;	*Spanus*:	25. Octob.
Epaphras, Evêque de Colosses, Martyr;	*Epaphras, æ*:	19. Juillet.
Epaphrodite, Disciple de S. Paul;	*Epaphroditus*:	17. May.
Ephrem, Confesseur pres d'Edesse;	*Ephrem*, indecl.	9. Juillet.
Epictete, Martyr en Scythie;	*Epictetus*:	8. Juillet.

Epimaque,

Epimaque, Martyr à Alexandrie; *Epimachus:* 12. Dec.
Epiphane, Evêque en Cypre; *Epiphanius:* 12. May.
Erard, Corévêque, honoré à Ratisbonne; *Erardus:* 8. Janv.
Erafte, Evêque de Philippes, Martyr; *Eraftus:* 26. Juillet.
Eric, Roy de Suede, Martyr; *Ericus:* 18. May.
Erme, Abbé de Lobes; *Ermino, onis:* 25. Avril.
Ermel, Confeffeur en Bretagne; *Armagilus:* 16. Aouft.
Ernieu, même nom qu'Irenée; *Irenæus:* 28. Juin.
Efkyl, Evêque en Sudermanie; *Æfchylus:* 12. Juin.
Efme, Evêque de Cantorbie; *Edmundus:* 16. Nov.
Efnard, Solitaire au Comté de la Mark; *Eginardus:* 25. Mars.
Efneu, honoré autrefois à York; *Eadnôchus:* 19. Octob.
Efparge, Evêque de Clermont; *Eparchius:* 14. Sept.
Efteve, Confeffeur, honoré en Andaloufie; *Stephanus:* 21. Nov.
Eftienne, premier Martyr; *Stephanus:* 26. Dec.
Etern, Evêque d'Evreux; *Æternus:* 16. Juill.
Evagre, Martyr en Scythie; *Evagrius:* 3. Avril.
Evans, Evêque de Vienne en Dauphiné; *Evantius:* 3. Février.
Evanthe, Evêque d'Autun; *Evanthius:* 12. Sept.
Evarifte, Pape; *Evariftus:* 26. Oct.
Evelpifte, Martyr à Rome; *Evelpiftus:* 12. Juin.
Evence, Martyr à Rome; *Eventius:* 3. May.
Evilâfe, Martyr en Hellefpont; *Evilafius:* 20. Sept.
Evrard, Marquis de Frioul; *Everardus:* 16. Dec.
Evre, Evêque de Toul; *Aper:* 15. Sept.
Evremèr, honoré vers Tongres; *Evermârus:* 1. May.
Evremond, Abbé en Normandie; *Evermundus:* 10. Juin.
Evrols, Abbé en Picardie; *Ebrulfus:* 25. Juillet.
Evrou, Abbé en Normandie; *Ebrulfus:* 29. Dec.
Eubule, Martyr en Paleftine; *Eubulus:* 7. Mars.
Eucaire, Evêque de Treves; *Eucharius:* 8. Dec.
Euchèr, Evêque de Lyon; *Eucherius:* 16. Nov.
Eudes, Evêque d'Urgel; *Odo, onis:* 30 Juin.
Eudoxe, Martyr en Armenie; *Eudoxius:* 2. Nov.
Eugene, Evêque de Carthage, mort en France; *Eugenius:* 6. Sept.
Eugraphe, Martyr à Alexandrie; *Eugraphus:* 10. Dec.
Eulampe, Martyr à Nicomédie; *Eulampius:* 10. Oct.
Euloge, Prêtre, Martyr à Cordoue; *Eulogius:* 11. Mars.
Euperge, Confeffeur à Fréjus; *Eupergius:* 14. Mars.
Euphrâfe, Evêque de Clermont; *Euphrafius:* 14. Janv.
Euphrêne, Evêque d'Autun; *Euphronius:* 3. Aouft.
Euphrône, Evêque de Touurs; *Euphronius:* 4. Aouft.
Euprepe, Martyr en Orient; *Euprepius:* 27. Sept.
Eupfyque, Martyr en Cappadoce; *Eupfychius:* 7. Avril.
Eufane, Martyr à Siponte; *Eufanius:* 9 Juillet.
Eufebe, Evêque de Vercceillles; *Eufebius:* 1. Aouft.
Eufebiotes, Martyr chez les Grecs; *Eufebiotes, is:* 27. May.

Euſpice, Prêtre, mort à Paris;	*Euſpicius:*	14. Juin.
Euſquémon, Evêque de Lampſaque;	*Euſchemon, onis:*	14. Mars.
Euſtache, Martyr à Rome;	*Euſtachius:*	1. Nov.
Euſtâſe, Abbé de Luxeu, en Franchecontè;	*Euſtaſius:*	29. Mars.
Euſtathe, Evêque d'Antioche;	*Euſtathius:*	16. Juillet.
Euſtaze, Evêque d'Auſche;	*Euſtadius:*	31. Dec.
Euſtoche, Evêque de Tours;	*Euſtochius:*	19. Sept.
Euſtorge, Evêque de Milan;	*Euſtorgius,*	18. Sept.
Euthyme, Abbé en Paleſtine;	*Euthymius:*	20. Janv.
Eutrope, premier Evêque de Saintes;	*Eutropius:*	30. Avril.
Eutyche, Prêtre, Martyr à Ancyre;	*Eutychius:*	28. Dec.
Eutychien, Pape;	*Eutychianus:*	8. Dec.
Euverte, Evêque d'Orleans;	*Evurtius:*	7. Sept.
Exupere, Evêque de Toulouſe;	*Exuperius:*	28. Sept.
Ezechias, Roy de Judée;	*Ezechias, æ:*	28. Aouſt.
Ezechiel, Prophete;	*Ezechiel, elis:*	18. Avril.

F.

FAbien, Pape;	*Fabianus:*	20. Janv.
Fabius, Martyr dans la Sabine;	*Fabius,*	11 May.
Fagond, Martyr en Gallice;	*Facundus:*	27. Nov.
Fale, Confeſſeur, honoré pres de Troies;	*Fidolus:*	16. May.
Fandilas, Prêtre, Moine, Martyr à Cordoue;	*Fandilas, æ:*	13. Juin.
Fargeau, Martyr à Beſançon;	*Ferreolus:*	16. Juin.
Faron, Evêque de Meaux;	*Faro, onis:*	28. Oct.
Faſcile, honoré à Lucé au Maine;	*Faſciolus:*	7. Sept.
Fauſte, Evêque de Tarbe;	*Fauſtus:*	28. Sept.
Fauſtin, Martyr à Breſſe;	*Fauſtinus:*	15. Fév.
Fauſtinien, Evêque de Boulogne en Italie;	*Fauſtinianus:*	28. Févr.
Félicien, Martyr à Marſeille;	*Felicianus:*	21. Juillet.
Féliciſſime, Diacre, Martyr à Rome;	*Feliciſſimus,*	6. Aouſt.
Félix, Confeſſeur à Nole;	*Felix, icis,*	14. Janv.
Ferdinand, Roy de Caſtille;	*Ferdinandus:*	30. May.
Fernand, Evêque de Cajas en Italie;	*Ferdinandus:*	27. Juin.
Ferreol, Martyr pres de Vienne en Dauphiné;	*Ferreolus:*	18. Sept.
Fiacre, Solitaire en Brie;	*Fiacrius:*	30. Aouſt.
Fidele, Martyr à Come, en Lombardie;	*Fidelis:*	28. Oct.
Firmin, premier Evêque d'Amiens, Martyr;	*Firminus:*	25. Sept.
Flaceau, Martyr à Autun;	*Flocellus:*	17. Sept.
Flaive, Conſierge de Marcilly, en Champagne;	*Flavitus:*	18. Dec.
Flamidien, Martyr en Rouſſillon;	*Flamidianus:*	25. Dec.
Flâve, Martyr à Nicomedie;	*Flavius:*	7. May.
Fleury, Evêque, honoré vers Spolete;	*Floridus:*	13. Nov.
Flieu, Evêque de Rouen;	*Flavius:*	23. Aouſt.
Flore, Martyr à Nicodémie;	*Florius:*	26. Octob.
Florend, Evêque de Bourges;	*Volfolendus:*	12. Dec.
Florent, Prêtre en Poitou;	*Florentius:*	22. Sept.
Florentin, Martyr à Semont, en Bourgogne;	*Florentinus:*	27. Sept.

Florèz, Confeſſeur, honoré à Eſtain;	*Floregius*:	1. Juillet.
Floribert, Evêque de Liége;	*Floribertus*:	25. Avril.
Florien, Martyr pres de Vienne en Auſtriche;	*Florianus*:	4. May.
Florus, Martyr à Oſtie;	*Florus*:	22. Dec.
Flovié, Confeſſeur, honoré en Touraine;	*Flodoveus*:	3. May.
Flou, Evêque d'Orleans;	*Fuſculus*:	2. Février.
Flour, premier Evêque de Lodêve;	*Florus*:	1. Nov.
Fortunat, Evêque de Poitiers;	*Fortunatus*:	14. Dec.
Fortuné, Evêque, honoré à Vernou, en Brie;	*Fortunatus*:	18. Juin.
Fortunion, Martyr à Theſſalonique;	*Fortunio, onis*:	27. Févr.
Foulques, Confeſſeur à Aquin;	*Fulco, onis*:	22. May.
Fraigne, Confeſſeur, honoré en Angoumois;	*Fermerius*:	30. Aouſt.
Frambourd, Solitaire à Yvry pres de Paris;	*Frambaldus*:	15. Aouſt.
Franchy, Martyr en Nivernois;	*Francoveus*:	16. May.
François, Inſtituteur des Freres mineurs;	*Franciſcus*:	4. Octob.
Fraterne, Evêque d'Auxerre;	*Fraternus*:	29. Sept.
Fré, Abbé en Irlande;	*Fredus*:	2. Dec.
Frédéric, Evêque d'Utrect, Martyr;	*Fridericus*:	18. Juillet.
Fredien, Evêque de Lucques;	*Frigidianus*:	18. Mars.
Fregaut, honoré à Moutier-ſur-Sambre;	*Fredegandus*:	17. Juillet.
Frenin, Evêque de Mets;	*Phronymus*:	27. Juillet
Frezaut, Evêque de Javoux pres de Mende;	*Frodoaldus*:	4. Sept.
Friard, Reclus pres de Nantes;	*Friardus*:	1. Aouſt.
Fridolin, Abbé pres de Baſle;	*Fridolinus*:	6. Mars.
Frion, Confeſſeur en Saintonge;	*Fredulfus*:	5. Aouſt.
Frôbert, Abbé de Moutier-la-Celle;	*Frodobertus*:	1. Janvier,
Froïlan, Evêque de Leon en Eſpagne;	*Froilanus*:	3. Octob.
Fromond, honoré à ſaint-Lo de Rouen,	*Fromundus*:	24. Octob.
Front, premier Evêque de Périgueux;	*Fronto, onis*:	25. Octob.
Frou, Moine à Paris, mort à Grancé;	*Frodulfus*:	22. Avril.
Fructueux, Evêque de Tarragone, Martyr;	*Fructuoſus*:	21. Janv.
Frumence, Evêque miſſionnaire;	*Frumentius*,	27. Oct.
Fulcran, Evêque de Lodêve;	*Fulcrannus*:	13. Fév.
Fulgence, Evêque de Ruſpe en Afrique;	*Fulgentius*:	1. Janvier.
Furſy, premier Abbé de Lagny;	*Furſæus*:	16. Janv.
Fuſcien, Martyr à Amiens;	*Fuſcianus*:	11. Dec.

G.

GAbin, Prêtre Martyr à Rome;	*Gabinus*:	19. Févr.
Gabriel, Arcange;	*Gabriel, elis*:	h. le 18 Ms.
Gabriel, Abbé de St Eſtienne de Jéruſalem;	*Gabriel, elis*:	26. Janv.
Gaïen, Martyr en Illyrie;	*Gaianus*:	10. Avril.
Gal, Abbé en Suiſſe;	*Gallus*:	16. Octob.
Galactoire, Evêque de Leſcar;	*Galactorius*:	27. Juillet.
Galation, Martyr en Phénicie;	*Galation, onis*:	3. Nov.
Galdry, Confeſſeur, honoré à Mirepoix;	*Valdericus*:	16. Oct.
Galfard, Séllier à Véronne;	*Gualfardus*:	30. Avril.

Galgan, Solitaire pres de Sienne;	*Galganus* :	3. Dec.
Gallican, Martyr à Alexandrie;	*Gallicanus* :	25. Juin.
Galmier, Soudiacre à ſaint Juſt de Lyon;	*Baldomêrus* :	27. Fév.
Gan, Abbé pres de Sezanne en Brie;	*Godo, onis* :	26. May.
Garembert, Abbé;	*Valimbertus* :	31. Dec.
Gatien, premier Evêque de Tours;	*Gatianus* :	18. Dec.
Gaucher, Chanoine Regulier en Limouſin;	*Valcarius* :	9. Avril.
Gaud, Evêque d'Evreux;	*Valdus* :	31. Janv.
Gaudence, Evêque de Breſſe;	*Gaudentius* :	25. Octob.
Gaudin, Evêque de Soiſſons;	*Gaudinus* :	8. Février.
Gautier, 1er Abbé de S. Martin de Pontoiſe;	*Galterus* :	8. Avril.
Gauzeins, Martyr à Comminges;	*Gaudentius* :	30. Sept.
Gébern, Martyr au Payïs de Cleves;	*Gerebernus* :	30. May.
Gédouin, Chanoine de Dol;	*Gilduinus* :	30. Janv.
Gelais, Evêque de Poitiers;	*Gelaſius* :	26. Aouſt.
Gélaſe, Pape;	*Gelaſius* :	8. Sept.
Gemble, honoré au Dioceſe de Milan;	*Hyemulus* :	4. Février.
Géminien, Evêque de Modene;	*Geminianus* :	31. Janv.
Gendroux, Abbé, honoré pres de Touars;	*Generoſus* :	10. Juillet.
Gendulf, Evêque, honoré à Paris;	*Gendulfus* :	13. Nov.
Gènebaut, premier Evêque de Laon;	*Genebaldus* :	5. Sept.
Genès, Martyr à Rome;	*Geneſius* :	24. Aouſt.
Gènevé, Superieur du Monaſtere de Dol;	*Genereus* :	29. Juillet.
Gengon, mort à Avaux en Baſſigny;	*Gangulfus* :	11. May.
Geniez, Martyr à Arles;	*Geneſius* :	25. Aouſt.
Genis, Martyr en Sicile;	*Geneſius* :	11. Octob.
Gennade, Evêque d'Aſtorgue;	*Gennadius* :	25. May.
Genoin, Evêque de Seben en Tirol;	*Ingenuinus* :	5. Sept.
Genou, Evêque, honoré en Berry;	*Gendulfus* :	17. Janv.
Gentien, Martyr à Amiens;	*Gentianus* :	11. Dec.
Geofroy, Légat vers l'Empereur Michel III.	*Gaufrîdus* :	3. Aouſt.
George, Martyr en Orient;	*Georgius* :	23. Avril.
Géran, Chanoine de Soiſſons;	*Gerannus* :	28. Juillet.
Gèrard, Evêque en Hongrie;	*Gerardus* :	24. Sept.
Gérard, Moine de ſaint Denys;	*Gerardus* :	3. Octob.
Gerard, Prêtre, Moine à Angérs;	*Gerardus* :	4. Nov.
Géraſime, Anacorete en Paleſtine;	*Geráſimus* :	5. Mars.
Géraud, premier Abbé de la Seauve;	*Geraldus* :	5. Avril.
Geraud, Comte d'Orillac;	*Geraldus* :	13. Oct.
Gerbaud, Evêque de Baïeux;	*Gereboldus* :	7. Dec.
Gere, Confeſſeur, mort pres de Lorete;	*Egirius* :	25. May.
Gereon, Martyr à Cologne;	*Gereon, onis* :	10. Oct.
Gerlac, Solitaire au Duché de Limbourg;	*Gerlacus* :	5. Janvier.
Germain, Evêque de Paris;	*Germanus* :	28 May.
Germèr, Abbé en Beauvoiſis;	*Geremârus* :	24. Sept.
Germier, Evêque de Toulouſe;	*Geremâres, is* :	16. May.
Gérolt, Solitaire au Payïs des Griſons;	*Geroldus* :	10. Avril.

Géronce,

Géronce, Evêque de Milan;	*Geruntius:*	5. May.
Gerou, Martyr pres de Gand;	*Gerulfus:*	21. Sept.
Gervais, Martyr à Milan;	*Gervasius:*	19. Juin.
Gervin, Abbé de Saint-Riquiér;	*Gervinus:*	3. Mars.
Gêry, Confesseur, honoré à Yvoy;	*Gauderîcus.*	......
Gery, Evêque de Cahors;	*Desiderius:*	17. Nov.
Gery, Evêque de Cambrai;	*Gaugerîcus:*	11. Août.
Gibrien, Solitaire en Champagne;	*Gibrianus:*	8. May.
Giguel, Prince de Bretagne;	*Judicael, elis:*	16. Dec.
Gilbert, Evêque de Meaux;	*Gilbertus:*	13. Févr.
Gildard, Evêque de Rouen;	*Gildardus:*	8. Juin.
Gildas, Abbé de Ruis en Bretagne;	*Gildas, æ:*	29. Janv.
Gilles, Abbé en Languedoc;	*Ægidius:*	1. Sept.
Gioiz, Confesseur à Plaisance;	*Gelasius:*	4. Février.
Girard, Teinturier à Monze en Lombardie;	*Gerardus:*	6. Juin.
Giroux, Confesseur à Aire en Gascogne;	*Gerontius:*	6. May.
Goar, Prêtre au Diocêse de Treves;	*Goar, aris:*	6. Juin.
Goau, Evêque en Angl. honoré en Gâtinois;	*Gudúalus:*	6. Juin.
Gobbain, Prêtre, honoré pres de la Fere;	*Gobbanus:*	20. Juin.
Gobert, Confesseur au Diocêse de Reims;	*Gobertus:*	23. Nov.
Gobrien, Evêque de Vennes;	*Chomeanus:*	16. Nov.
Godard, Evêque d'Hildesheim;	*Gothardus:*	4. May.
Godefroy. Evêque d'Amiens;	*Gothofrîdus:*	8. Nov.
Godegranc, Evêque de Mets;	*Chrodogangus:*	6. Mars.
Godegrand, Evêque de Seès;	*Chrodegangus:*	3. Sept.
Goins, Evêque de Coire;	*Gaudentius:*	3. Aoust.
Goiry, Evêque de Mets;	*Goderîcus:*	19. Sept.
Goisenou, Evêque en Bretagne;	*Guscinovus:*	25. Oct.
Goldrophes, Chanoine-Regulier en Portugal;	*Góldrophes, is:*	7. Sept.
Golvein, Evêque de Leon en Bretagne;	*Golvênus:*	1. Juillet.
Gombert, Martyr à Oldenzel;	*Cunibertus:*	29. Avril.
Gomez, Prêtre, Martyr à Cordoue;	*Gumesindus:*	13. Janv.
Gommèr, Abbé en Brabant;	*Gummârus:*	11. Oct.
Gonçales, Curé en Portugal;	*Gundisalvus:*	10. Janv.
Gondebert, Evêque de Sens;	*Gundelbertus:*	21. Fév.
Gonthier, Pénitent en Boheme;	*Gunterus:*	9. Octob.
Gontran, Roy des Bourguignons;	*Guntchramnus:*	28. Mars.
Gordien, Martyr à Rome;	*Gordianus:*	10. May.
Gorgon, Martyr, honoré à Reims;	*Gorgonius:*	9. Sept.
Gouffin, Moine de Celles en Berry	*Vulfinus:*	12. Juil.
Gourdaine, Solitaire à Anschin;	*Gordanius:*	16. Oct.
Gourdin, Martyr en Afrique;	*Gurdinus:*	28. Juin.
Goussaut, Solitaire en Limousin;	*Gunsaldus:*	5. Nov.
Goustans, Moine, honoré au Croisic;	*Gulstanus:*	27. Nov.
Gracilien, Martyr en Toscane,	*Gracilianus:*	12. Août.
Gramas, Evêque de Mets;	*Chromatius:*	25. Avril.
Grat, Evêque de Challon;	*Gratus:*	8. Oct.

Gratien, Martyr, honoré à Nogent-le-Roy;	*Gratianus:*	23. Octob.
Gratinien, Martyr à Pérouse;	*Gratinianus:*	1. Juin.
Grauls, Confesseur en Angoumois;	*Gratulfus:*	11. Octob.
Grégoire, Pape;	*Gregorius:*	12. Mars.
Grimbaut, Moine de Saint-Bertin;	*Grimbaldus:*	8. Juillet.
Grimoald, Prêtre pres d'Aquin;	*Grimoaldus:*	29. Sep.
Gudilanes, Archidiacre de Tolede;	*Gudilas, anis:*	8. Sept.
Guénard, Chanoine, honoré en Poitou;	*Vinardus:*	11. Oct.
Guenau, Abbé de Landevenec en Bretagne;	*Vinailus:*	3. Nov.
Guenizon, Moine de Moncassin;	*Vinizo, onis:*	26. May.
Guidon, Sacristin à Laque pres de Bruxelles;	*Guido, onis:*	12. Sept.
Guiémat, Evêque de Treves;	*Veomades, is,*	6. Nov.
Guilein, honoré en Haynaut;	*Gislenus:*	9. Octob.
Guillaume, Evêque de Bourges;	*Guillelmus:*	10. Janv.
Guillebaut, Evêque d'Aichstat en Franconie;	*Vilibaldus:*	7. Juillet.
Guillec, Chanoine d'Utrect;	*Villéicus:*	7. Mars.
Gimiér, Evêque de Carcassonne;	*Guimerra, a:*	13. Fév.
Guïn, Evêque de Vennes;	*Guinninus:*	19. Aoust.
Guingalois, Abbé de Landevenec;	*Vinvaloëus:*	3. Mars.
Guion, Abbé de Pompose, honoré à Spire;	*Vido, onis:*	31. Mars.
Guiraut, Evêque de Beziers;	*Veraldus:*	5. Nov.
Guit, Evêque d'Acqui en Monferrat;	*Vidus:*	2. Juin.
Gurias, Martyr à Edesse;	*Gurias, a:*	15. Nov.
Gurval, Evêque, honoré à Saint-Malo,	*Gurvallus:*	6. Janv.
Guthagon, Confesseur au Diocêse de Bruges;	*Guthago, onis:*	3. Juillet.
Guthlac, Solitaire en l'Isle de Crudland;	*Guthlacus:*	11. Avril.
Guy, Martyr en Lucanie, honoré en Saxe,	*Vitus:*	15. Juin.

H.

HAdelin, Prêtre en Ardenne;	*Hadelinus:*	3. Fév.
Hadulf, Evêque de Cambrai;	*Hadulfus:*	19. May.
Halvard, honoré en Norvege;	*Halvardus:*	14. May.
Hardouin, Evêque du Mans;	*Haduindus:*	20. Janv.
Harman, Evêque de Bressenon au Tirol;	*Harmannus:*	23. Dec.
Hégathraces, Martyr pres le Danube;	*Hegathrax, acis:*	26. Mars.
Hégésippe, Historiographe;	*Hegesippus:*	7. Avril.
Hélimenes, Martyr à Cordule en Perse;	*Helimenes, is:*	22. Avril.
Héliodore, Ev. d'Altin en la marche Trevisane;	*Heliodôrus:*	3. Aoust.
Helvert, Solitaire en l'Isle de Gerzey;	*Helibertus:*	16. Juillet.
Henry, II. du nom, Empereur;	*Henrîcus:*	14. Juillet.
Héraclas, Evêque d'Alexandrie;	*Heraclas, a:*	14. Juillet.
Héracle, Evêque de Sens;	*Heraclius:*	9. Juillet.
Héracléémon, Solitaire en Egypte;	*Heracleemon, is:*	2. Dec.
Héraclides, Ev. de Tamase en Cypre, Martyr;	*Heraclides, is:*	17. Sept.
Héraclien, Evêque de Pezzaro;	*Heraclianus:*	9. Dec.
Héraclius, Martyr à Athenes;	*Heraclius:*	15. May.

Herard, Confesseur en Occident;	*Herardus:*	23. Nov.
Herbland, Abbé en Bretagne;	*Hermelandus:*	25. Mars.
Herculan, Evêque de Pérouse;	*Herculanus:*	7. Nov.
Héribert, Evêque de Cologne;	*Heribertus:*	16. Mars.
Hermagoras, Evêque d'Aquilée;	*Hermagoras, æ:*	12. Juill.
Hermas, Disciple de saint Paul;	*Hermas, æ:*	9. May.
Hermenfroy, Abbé en Ecosse;	*Hermenfrîdus:*	25. Sept.
Hermengaud, Evêque d'Urgel,	*Hermengaudus:*	3. Nov.
Herménigilde, Prince, Martyr à Seville;	*Hermenigildus:*	13. Avril.
Hermès, Exorciste à Rhessare en Servie;	*Hermes, etis:*	31. Dec.
Hermias, Martyr en Cappadoce;	*Hermias, æ:*	31. May.
Hermippe, Martyr à Nicomédie;	*Hermippus:*	27. Juill.
Hermocrates, Martyr à Nicomédie;	*Hermocrates, is:*	27. Juill.
Hermogenes, Martyr à Syracuse;	*Hermogenes, is:*	2. Sept.
Hermolas, Martyr à Nicomédie;	*Hermolaüs:*	27. Juill.
Hermon, Evêque de Jérusalem;	*Hermon, onis,*	7. Mars.
Hermyle, Martyr à Singidone;	*Hermylus:*	13. Janv.
Hernin, Solitaire pres de Montafilan;	*Herninus:*	7. May.
Hérodion, Disciple des Apôtres;	*Herodion, onis:*	28. Mars.
Héron, Neophyte, Martyr à Alexandrie;	*Heron, onis,*	28. Juin.
Hervé, Exorciste à Leon en Bretagne;	*Hervæus:*	17. Juin.
Hesyque, Soldat, Martyr à Antioche;	*Hesychius:*	18. Nov.
Hidulfe, Evêque de Treves;	*Hidulfus:*	11. Juill.
Hilaire, Evêque de Poitiers, Doct. de l'Eglise;	*Hilarius:*	13. Janv.
Hilare, Pape;	*Hilarus:*	21 Fevr.
Hilarien, massacré à Espaliou en Rouergue;	*Hilarianus:*	15. Juin.
Hilarin, Martyr à Arezzo;	*Hilarinus:*	16. Juil.
Hilarion, Solitaire en Palestine;	*Hilarion, onis:*	21. Octob.
Hildebert, Abbé de Saint-Bavon de Gand;	*Hildebertus:*	1. Dec.
Hildegrim, Evêque de Chaalons;	*Hildegrimus:*	19. Juin.
Hildevert, Evêque de Meaux;	*Hildevertus:*	27. May.
Hilduard, Confesseur, hon. à Dendremonde;	*Hilduardus:*	29. Dec.
Hiliér, Martyr à Semont en Bourgogne;	*Hilarius:*	27. Sept.
Hippolyte, Martyr à Rome;	*Hippolytus:*	13. Aoust.
Hisque, Prédicateur evangelique en Espagne;	*Hesychius:*	1. Mars.
Hommebon, Confesseur à Crémone;	*Homobonus:*	13. Nov.
Honest, Prêtre de Toulouse, honoré à Yere;	*Honestus:*	16. Févr.
Honfroy, Evêque de Terouenne;	*Hunfrîdus:*	8. Mars.
Honoire, honoré à Tenezay en Poitou;	*Honorius:*	9. Janvier.
Honorat, Evêque d'Arles;	*Honoratus:*	16. Janv.
Honoré, Evêque d'Amiens;	*Honoratus:*	16 May.
Honorius, Evêque de Cantorbie;	*Honorius:*	30. Sept.
Hormisdas, Martyr en Perse;	*Hormisdas, æ:*	8. Aoust.
Hortense, Evêque	*Hortensius:*	11. Janv.
Houardon, Evêque de Leon en Bretagne;	*Huardo, onis:*	19. Nov.
Hubert, Evêque de Mastrict;	*Hubertus:*	3. Nov.
Hugolin, Martyr en Mauritanie;	*Hugolinus:*	13. Octob.

Hugues, Evêque de Grenoble ;	*Hugo, onis :*	1. Avril.

J.

JAcob, Evêque de Toul ;	*Jacob*, indecl.	21. Juin.
Jacques, (le Majeur) ;	*Jacôbus :*	25. Juillet.
Jacques, (le Mineur) ;	*Jacôbus :*	1. May.
Jacynthe, de l'Ordre de saint Dominique ;	*Hiacynthus :*	15. Aoust.
Janvier, Evêque, Martyr à Poussoles ;	*Januarius :*	19. Sept.
Jason, Martyr à Rome ;	*Jason, onis :*	3. Dec.
Jean-Baptiste ;	*Joãnes-Baptista :*	24. Juin.
Jean, Apôtre & Evangeliste ;	*Joannes, is :*	27. Dec.
Jérémie, Prophete ;	*Jeremias :*	1. May.
Jéroche, Curé de Gilmoutier en Brie ;	*Gerundius :*	2. Juillet.
Jérôme, Docteur de l'Eglise ;	*Hieronymus :*	30. Sept.
Jogond, Evêque d'Aoste, au piéd des Alpes ;	*Jucundus :*	30. Dec.
Jonas, Moine en Egypte ;	*Jonas, æ :*	11. Fév.
Josaphat, Evêque, Martyr en Lithuanie ;	*Josaphates, is :*	12. Nov.
Joseph, Epoux de la sainte Vierge ;	*Joseph*, indecl.	19. Mars.
Josse, Prêtre, mort en Ponthieu ;	*Judocus :*	13. Dec.
Josué, Successeur de Moïse ;	*Josue*, indecl.	1. Sept.
Jovinien, Martyr à Auxerre ;	*Jovinianus :*	5. May.
Jovite, Martyr à Bresse ;	*Jovita, æ :*	15. Fév.
Joudry, Confesseur en Vendomois ;	*Gilderîcus :*	14. May.
Jouin, Solitaire en Poitou ;	*Jovinus :*	1. Juin.
Jubrien, le même que Saint Gibrien ;	*Gibrianus :*	8. May.
Jucondien, Martyr en Afrique ;	*Jucundianus :*	4. Juillet.
Jucondin, Martyr à Troies ;	*Jucundinus :*	23. Juill.
Judes, Apôtre (le même que Thadée) ;	*Judas, æ :*	28. Oct.
Jugond, Martyr en Afrique ;	*Jucundus :*	9. Janv.
Jules, Martyr en Thrace ;	*Julius :*	20. Dec.
Julien, Martyr à Brioude ;	*Julianus :*	28. Aoust.
Junien, Abbé, honoré à Noaillé en Poitou ;	*Junianus :*	13. Aoust.
Juste, Evêque de Jérusalem ;	*Justus :*	24. Nov.
Just, Martyr à Alcala de Hénarez ;	*Justus :*	6. Aoust.
Justin, Martyr en Parisis ;	*Justinus :*	1. Aoust.
Justinien, Patriarche de Venise ;	*Justinianus :*	9. Janv.
Juvénal, Evêque de Jérusalem ;	*Juvenalis :*	2. Juillet.
Juvence, Martyr à Antioche ;	*Juventius :*	5. Sept.

I.

IGnace, Evêque d'Antioche, Martyr ;	*Ignatius :*	20. Déc.
Ildefonse, Evêque de Tolede,	*Ildefonsus :*	23. Juin.
Illuminat, Confesseur en la Marche d'Ancone ;	*Illuminatus :*	11. May.
Indract, massacré pres Pederton en Angleterre ;	*Indractus :*	5. Février.
Inglevert, Abbé de Saint-Riquiér ;	*Angilbertus :*	18. Fév.

Injurieux

Injurieux, Senateur à Clermont;	*Injuriosus*:	25. May.
Innocent, Pape;	*Innocentius*:	21. Dec.
Irénarque, Martyr à Sébaste;	*Irenarchus*:	28. Nov.
Irénée, Evêque de Lyon, Martyr;	*Irenæus*:	28. Juin.
Irmond, Berger pres de Juliez;	*Irmundus*:	28. Janv.
Isaac, Moine, Martyr à Cordoue;	*Isaac*, indecl.	3. Juin.
Isarn, Abbé de saint Victor de Marseille;	*Isarnus*:	24. Sept.
Isaure, Martyr en Macédoine;	*Isaurus*:	17. Juin.
Isidore, Evêque de Seville;	*Isidôrus*:	4. Avril.
Ismaël, Martyr à Constantinople;	*Ismael, elis*:	17. Juin.
Ithamâre, Evêque de Rochester:	*Ithamârus*:	10. Juin.

K.

KE', Solitaire pres de Leon en Bretagne;	*Colodocus*:	7. Oct.
Keintegern, Evêque de Glasco;	*Kentigernus*:	13. Janvier.
Kénelm, Prince des Merciens, Martyr;	*Kenelmus*:	17. Juillet.
Kétil, Confesseur à Viborg en Jutlande;	*Ketillus*:	27. Sept.
Kulhn, Evêque de Virsbourg;	*Kilianus*:	8. Juillet.
Kyneth, Confesseur, honoré à Govre en Angl.	*Kynethus*:	1. Aoust.

L.

LActein, Abbé en Irlande;	*Lactenus*:	19. Mars.
Ladislas, Roy de Hongrie;	*Ladislaüs*:	27. Juin.
Lambert, Evêque de Mastrict, Martyr;	*Lambertus*:	17. Sept.
Landelin, Abbé de Crépin;	*Landelinus*:	15. Juin.
Landry, Evêque de Paris;	*Landerîcus*:	10. Juin.
Lâry, Evêque, honoré vers les Pyrénées;	*Hilarius*:	3. Janvier.
Latin, Evêque de Bresse;	*Latinus*:	24. Mars.
Lavier, Martyr pres Saponâre;	*Laberius*:	27. Nov.
Lazare, ressuscité par Notre Seigneur;	*Lázarus*:	17. Dec.
Leandre, Evêque de Seville;	*Leander*,	13. Mars.
Légèr, Evêque d'Autun, Martyr;	*Leodegarius*:	2. Oct.
Léhire, Evêque de Tournay;	*Eleutherius*:	20. Fév.
Leon, Pape;	*Leo*:	11. Avril.
Leonard, Solitaire en Limousin;	*Leonardus*:	6. Nov.
Leonce, Evêque de Fréjus;	*Leontius*:	16. Nov.
Leonces, Evêque de Treves;	*Leguntius*:	18. Fév.
Leonien, Abbé à Vienne en Dauphiné;	*Leonianus*:	13. Nov.
Leopold, Marquis d'Autriche;	*Leopoldus*:	15. Nov.
Leovigilde, Moine, Martyr à Cordoue;	*Leovigildus*:	20. Aoust.
Lesin, Evêque d'Angers;	*Licinius*:	1. Nov.
Léthard, Evêque de Senlis;	*Leothardus*:	7. May.
Levange, Evêque de Senlis;	*Libanius*:	19. Octob.
Leu, Evêque de Sens;	*Lupus*:	1. Sept.

Leufroy, Abbé de la Croix en Normandie;	*Leufredus*:	21. Juin.
Leuvard, Abbé en Alsace;	*Leobardus*:	31. Dec.
Libérat, Abbé en Afrique, Martyr;	*Liberatus*:	2. Juillet.
Libérateur, Martyr, honoré à Bènevent;	*Liberator, oris*:	15. May.
Libêre, Evêque de Ravenne;	*Liberius*:	29. Avril.
Libérien, Martyr à Rome;	*Liberianus*:	12. Juin.
Libert, Moine de Saint Tron, Martyr;	*Libertus*:	14. Juillet.
Libier, Martyr à Marsal;	*Libarius*:	25. Nov.
Liboire, Evêque du Mans;	*Liborius*:	9. Juin.
Licar, Evêque de Couserans;	*Glycerius*:	7. Aoust.
Licinio, Martyr à Come en Lombardie;	*Licinius*:	7. Aoust.
Lidoire, Evêque de Tours;	*Litorius*:	13. Sept.
Lié, Prêtre, honoré à Pluviers;	*Latus*:	6. Nov.
Liébaut, Abbé à Orleans;	*Leodovaldus*:	11. Aoust.
Liêne, Confesseur, honoré à Melun;	*Leonius*:	12. Nov.
Lienne, Confesseur, honoré en Poitou;	*Leonius*:	1. Février.
Liévin, Martyr pres de Ninôve;	*Livinus*:	12. Nov.
Licy, Confesseur à Mentenay en Champagne;	*Leo, onis*:	25. May.
Lifart, honoré en Vermandois;	*Lietfardus*:	4. Février.
Lin, Pape;	*Linus*:	26. Nov.
Linguin, Martyr en Auvergne;	*Limininus*:	29. Mars.
Liutfroy, Evêque de Pavie;	*Liutfridus*:	8. Mars.
Lions, Evêque de Saintes;	*Leontius*:	17. Nov.
Liphard, Abbé, honoré à Meun sur Loire;	*Liphardus*:	3. Juin.
Lisold, Conf. h. à Breteuil en Bauvoisis;	*Lisoldus*:	6. Avril.
Livrau, Evêque d'Embrun;	*Liberalis, is*:	21. Nov.
Lo, Evêque de Coutances;	*Laudus, i*:	21. Sept.
Lomain, 1er Evêque de Thrym en Irlande;	*Lumanus*:	17. Février.
Lômer, Prévost de Notre-Dame de Chartres;	*Launomârus*:	19. Janv.
Lônart, Solitaire à Vendeuvre au Maine;	*Leonardus*:	15. Octob.
Longils, Solitaire pres de Memers;	*Launogisilus*:	2. Avril.
Longin, Martyr à Marseille;	*Longinus*:	21. Juillet.
Longis, Martyr en Cappadoce;	*Longinus*:	15. Mars.
Lors, Abbé de saint Julien de Tours;	*Laurus*:	1. Oct.
Lotaire, Comte, Martyr en Saxe;	*Lotarius*:	2. Février.
Lotin, Abbé de saint Martin d'Autun;	*Lautenus*:	1. Nov.
Loubers, Martyr à Sarragosse;	*Lupercus*:	16. Avril.
Loudain, Confesseur en Alsace;	*Ludanus*:	12. Fév.
Louens, Moine de saint Mémin;	*Linentius*:	28. Janv.
Louïs, Roy de France;	*Ludovicus*:	25. Aoust.
Loul, Evêque d'Evreux;	*Laudulfus*:	13. Aoust.
Loup, Evêque de Troies;	*Lupus*:	29. Juillet.
Louthiern, honoré à saint Magloire de Paris;	*Leuthernus*:	28. Avril.
Louveins, Curé pres de Cobleints;	*Lubentius*:	13. Oct.
Louvent, Abbé à Mende, Martyr;	*Lupentius*:	22. Oct.
Loyer, Evêque de Sées;	*Lotarius*:	15. Juin.

Lubais, Abbé en Touraine;	*Leobatius:*	25. Janv.
Lubin, Evêque de Chartres;	*Leobinus:*	14. Mars.
Luc, Evangeliste;	*Lucas, a:*	18. Oct.
Lucain, Martyr, honoré à Paris;	*Lucanus:*	30. Oct.
Lucien, Martyr à Bauvais;	*Lucianus:*	8. Janv.
Lucilien, Martyr en Thrace;	*Lucillianus:*	3. Juin.
Lucius, Pape & Martyr;	*Lucius:*	4. Mars.
Ludard, Boulanger à Soissons;	*Leodardus:*	15. Mars.
Ludgèr, Evêque de Monstèr;	*Ludgêrus:*	26. Mars.
Ludolf, Evêque de Razebourg;	*Ludolfus:*	29. Mars.
Ludre, mort à Bourdieu en Berry;	*Lusor, oris:*	1. Nov.
Lugle, Martyr, honoré à Mondidier;	*Luglius:*	23 Oct.
Luglien, Martyr en Artois,	*Luglianus:*	23. Oct.
Luivin, Evêque de Treves, mort à Reims;	*Ludovinus:*	29. Sept.
Lupede, Abbé en la Marche d'Ancone;	*Elpidius:*	2. Sept.
Luperque, Martyr à Leon en Espagne;	*Lupercus:*	30. Oct.
Lupicin, Abbé de Jou;	*Lupicinus:*	21. Mars.
Lupien, Confesseur au Payïs de Rets;	*Lupianus:*	1. Juillet.
Lupin, Chanoine de Carcassonne;	*Lupinus:*	30. Avril.
Luthard, Comte de Cleves;	*Luthardus:*	15. Sept.
Ly, Berger à Meou en Champagne;	*Lætus:*	14. Sept.
Lycarion, Martyr en Egypte;	*Lycarion, onis:*	7. Juin.
Lysimaque, un des 40. Martyrs;	*Lysimachus;*	9. Mars.

M.

MAcaire, Abbé en Egypte, hon. à Sens;	*Macarius:*	15. Janv.
Macâry, Evêque de Comminges;	*Macarius:*	1. May.
Macedon, Martyr en Illyrie;	*Mácedon, onis:*	27. Mars.
Macedône, Solitaire en Syrie;	*Macedonius:*	24. Janv.
Mâchaut, Evêque en Irlande;	*Macaldus:*	25. Avril.
Maclou, Evêque en Bretagne;	*Maclovius:*	15. Nov.
Macnez, Evêque en Irlande;	*Macnifeus:*	3. Nov.
Macorat, Martyr au Maine;	*Macoratus:*	4. Aoust.
Macrobe, Martyr, honoré à Carthage;	*Macrobius:*	16. Février.
Magloire, Evêque, hon. en Bretagne & à Paris;	*Maglorius:*	24. Oct.
Majas, Confesseur en Gascogne;	*Maianus:*	1. Juin.
Major, Martyr à Gaze;	*Major, oris:*	15. Février.
Majorique, Martyr en Afrique;	*Majóricus:*	6. Dec.
Maïeul, Abbé de Clugny;	*Maiolus:*	11. May.
Maimbeu, Evêque d'Angers;	*Magnobôdus:*	16. Oct.
Maing, Comte des Orcades;	*Magnus:*	16. Avril.
Malachie, Evêque en Irl. mort à Clervaux;	*Malachias, a:*	2. Nov.
Malch, Martyr à Césarée en Palestine;	*Malchus:*	28. Mars.
Mamert, Evêque de Vienne en Dauphiné;	*Mamertus.*	11. May.
Mamillan, Martyr, honoré autrefois à Rome;	*Maximilianus:*	12. Mars.
Mammere, Martyr en Afrique;	*Mammerius:*	14. Mars.

Mammès, Martyr en Orient, hon. à Langres;	*Mamas, antis:*	17. Aoust.
Manahen, mentionné aux Actes des Apôtres;	*Manahen*, indec.	24. May.
Mandé, Solitaire en Bretagne, h. pres de Paris;	*Mandetus:*	18. Nov.
Mangors, Comte de Gueldres;	*Megengósses, is:*	19. Dec.
Mansuet, Evêque en Afrique, Martyr;	*Mansuetus:*	28. Nov.
Mansuy, Evêque de Toul;	*Mansuetus:*	3. Sept.
Manvieu, Evêque de Baïeux;	*Manvœus:*	28. May.
Manuel, Ambass. de Perse, M. à Constantinople;	*Emmanuel, elis:*	17. Juin.
Mappalique, Martyr en Afrique;	*Mappálicus:*	17. Avril.
Marc, Evangeliste;	*Marcus:*	25. Avril.
Marceau, Martyr à Argenton;	*Marcellus:*	29. Juin.
Marcel, Evêque de Paris,	*Marcellus:*	1. Nov.
Marcellien, Martyr à Rome;	*Marcellianus:*	18. Juin.
Marcelin, Prêtre, Martyr à Rome;	*Marcellinus:*	2. Juin.
Marcien, Evêque, Martyr à Tortone;	*Marcianus:*	27. Mars.
Marcou, Confesseur, honoré à Corbigny;	*Marculfus:*	1. May.
Margeain, Confesseur en Combraille;	*Marianus:*	19. Aoust.
Marien, Martyr en Auxerrois;	*Marianus:*	20. Avril.
Marin, Solitaire en Maurienne, hon. en Poitou;	*Marinus:*	24. Nov.
Mârius, Martyr dans la Sabine;	*Marius:*	20. Janv.
Mârole, Evêque de Milan;	*Márolus:*	23. Avril.
Mâron, Abbé en Palestine:	*Maro, onis:*	9. Février.
Mars, Abbé en Auvergne;	*Martius:*	13. Avril.
Martial, premier Evêque de Limoges;	*Martialis, is:*	30. Juin.
Martin, troisiéme Evêque de Tours;	*Martinus:*	11. Nov.
Martyre, Martyr en Thrace;	*Martyrius:*	25. Oct.
Mâry, Abbé au Diocêse de Sisteron;	*Marius:*	27. Janv.
Marz, le même que Médard;	*Medardus:*	8. Juin.
Materne, Evêque de Milan;	*Maternus:*	18. Juill.
Matronien, Solitaire pres de Milan;	*Matronianus:*	14. Dec.
Matthias, Apôtre;	*Matthias, æ,*	24. Févr.
Matthieu, Apôtre & Evangeliste;	*Matthæus:*	21. Sept.
Matur, Martyr à Lyon;	*Maturus:*	2. Juin.
Maturin, Confesseur, honoré en Gatinois;	*Maturinus:*	1. Nov.
Maufroy, Confesseur, honoré à Moissac;	*Madelfrîdus:*	4. Oct.
Mauger, dit S. Vincent à Soignies;	*Madelgarius:*	14. Juillet.
Mauguïlle, Confesseur, honoré à Saint-Riquier;	*Madelgisilus:*	30. May.
Maur, Abbé en Anjou;	*Maurus:*	15. Janv.
Maurice, Martyr dans les Alpes;	*Mauritius:*	22. Sept.
Maurille, Evêque d'Angers;	*Maurilius:*	13. Sept.
Mauronce, Abbé de Saint-Florent le Vieux;	*Maurontius:*	9. Janv.
Mauront, Evêque de Marseille;	*Maurontus:*	18. Octob.
Mauvé, Evêque de Verdun;	*Madalveus:*	4. Octob.
Maxens, Martyr à Treves;	*Maxentius:*	6. Octob.
Maxime, Evêque de Turin;	*Maximus:*	25. Juin.
Maximien, Evêque de Nole;	*Maximianus:*	7. Février.

Maximilien,

Maximilien, Evêque de Lorc en Autriche;	*Maximilianus:*	12. Octob.
Maximin, Evêque de Treves;	*Maximinus:*	12. Sept.
Mazorien, Confeſſeur en Auvergne;	*Mazorianus:*	29. Oct.
Médard, Evêque de Noyon;	*Medardus:*	8. Juin.
Meèn, Abbé en Bretagne;	*Mevennus:*	21. Juin.
Méenolf, Diacre en Veſtphalie;	*Magenulfus:*	5. Oct.
Meingaud, Comte d'Huy;	*Mengoldus:*	8. Févr.
Melaine, Evêque de Rennes;	*Melanius:*	6. Janv.
Mélan, Evêque de Rhinocolure en Egypte;	*Milas, anis:*	15. Janv.
Melaſippe, Martyr, honoré à Langres;	*Melaſippus:*	17. Janv.
Melchiades, Pape;	*Miltiades:*	10. Janv.
Mélece, Evêque d'Antioche;	*Meletius:*	12. Fév.
Méliton, Martyr à Sébaſte;	*Meliton, onis:*	9. Mars.
Méllit, Evêque de Cantorbie;	*Mellitus:*	24. Avril.
Méllon, premier Evêque de Rouen;	*Mellonus:*	22. Oct.
Méloir, Confeſſeur à Landemur;	*Melorus:*	1. Oct.
Même, Confeſſeur à Chinon;	*Maximus:*	20. Aouſt.
Mémier, Martyr pres de Troies;	*Memorius:*	7. Sept.
Mémin, Abbé pres d'Orleans;	*Maximinus:*	15. Dec.
Memnon, Martyr en Thrace;	*Memnon, onis:*	20. Août.
Ménalippe, Martyr honoré par les Grecs;	*Menalippus:*	2. Sept.
Ménalque, Confeſſeur au Payïs-bas;	*Menalchius:*	6. Avril.
Ménandre, Martyr en Orient;	*Menander, dri:*	1. Aouſt.
Ménédême, Martyr en Thrace;	*Menedêmus:*	24. Juin.
Ménélante, Martyr;	*Menelantus:*	23. Fév.
Mènelé, Abbé de Menat en Auvergne;	*Meneleus:*	22. Juil.
Menge, premier Evêque de Châlons;	*Memmius:*	5. Août.
Mening, Martyr en Helleſpont;	*Menignus:*	15. Mars.
Menne, Martyr en Phrygie;	*Mennas, a:*	11. Nov.
Menou, honoré en Berry;	*Minulfus:*	12. Juillet.
Meraud, Abbé en Rouergue;	*Meraldus:*	23. Février.
Mercure, Martyr en Cappadoce;	*Mercurius:*	25. Nov.
Mercurial, Evêque de Forly;	*Mercurialis, is:*	30. Avril.
Mériadec, Evêque de Vennes;	*Mereodocus:*	7. Juin.
Mêrre, Martyr à Aix;	*Mitrius:*	13. Nov.
Merry, Prêtre, mort à Paris;	*Medericus:*	29. Aouſt.
Méſſent, Prêtre, Abbé en Poitou;	*Maxentius:*	26. Juin.
Méſſien, Martyr en Bauvoiſis;	*Maxianus:*	8. Janv.
Méthode, Evêque de Tyr;	*Methodius:*	18. Sept.
Métran, Martyr à Alexandrie;	*Metras, a:*	31. Janv.
Métron, Prêtre à Vennes;	*Metro, onis:*	8. May.
Métrophanes, Evêque de Conſtantinople;	*Metrophanes, is:*	4. Juin.
Métropile, Evêque de Treves;	*Metrópilus:*	8. Oct.
Michée, Prophete en Judée;	*Micheas, a:*	14. Aouſt.
Michel, Arcange, *dit en Lorraine* S. Miel;	*Michael, elis:*	29. Sept.
Micomér, Conf. honoré à Tonnerre;	*Micoméres, is:*	30. Avril.
Mie, Confeſſeur honoré pres de Chambord;	*Medicus:*	16. May.

Milet, Evêque de Treves;	*Miletus*:	19. Sept.
Milhan, Prêtre de Tarraçonne:	*Æmilianus*:	12. Nov.
Miliau, honoré au Diocese de Treguier;	*Miliavus*:	5. Nov.
Milon, Evêque de Benevent;	*Milo, onis*:	23. Février.
Minervin, Martyr à Catane;	*Minervinus*:	31. Dec.
Miniat, Martyr à Florence;	*Minias, atis*:	25. Oct.
Mion, Confesseur en Auvergne;	*Medulfus*:	1. Juin.
Mirlourirain, honoré à Reims;	*Merolilammus*:	7. Juin.
Mirocletes, Evêque de Milan;	*Mirocles, etis*:	3. Dec.
Mnason, Martyr en Orient;	*Mnason, onis*:	12. Juillet.
Modeste, Martyr en Lucanie;	*Modestus*:	15. Juin.
Modoalt, Evêque de Treves;	*Modoaldus*:	12. May.
Moëg, Evêque en Irlande;	*Maidocus*:	31. Janv.
Mogoldobonorco, Evêque de Kildare;	*Mogoldobonorco*:	19. Février.
Moïses, Legislateur;	*Moyses*:	4. Sept.
Moïsetes, Martyr en Afrique;	*Moysetes, is*:	18. Dec.
Moling, Evêque de Ferne;	*Molingus*:	17. Juin.
Molonasche, Evêque aux Hébrides;	*Molôcus*:	25. Juin.
Momble, Abbé de Saint-Benoist sur Loire;	*Mommolus*:	8. Aoust.
Mommelein, Evêque de Noyon;	*Mommolenus*:	16. Oct.
Mommole, Moine de Lagny;	*Mommulus*:	18. Nov.
Mônas, Evêque de Milan;	*Monas, æ*:	21. Mars.
Moncain. Abbé en Irlande;	*Mochua, æ*:	1. Janvier.
Mondolf, Evêque de Mastrict;	*Monulfus*:	16. Juillet.
Mondry, Evêque d'Arsat en Auvergne;	*Modericus*:	10. May.
Moniteur, Evêque d'Orléans;	*Monitor, oris*:	10. Nov.
Montain, Solitaire pres Mommédy;	*Montanus*:	17. May.
Moran, Evêque de Rennes;	*Moderamnus*:	22. Oct.
Morand, Moine de l'Ordre de Clugny;	*Morandus*:	3. Juin.
Morge, le même que S. Maurice;	*Mauricius*:	22. Sept.
Morbiole, Pénitent à Boulogne en Italie;	*Morbiolus*:	28. Oct.
Mosée, Martyr au Pont;	*Moseus*:	18. Janvier.
Mosse, Martyr, honoré à Vernon;	*Maximus*:	25. May.
Moucherat, Reclus à Ratisbonne;	*Muricherodatus*:	17. Janvier.
Muce, Martyr, honoré à Constantinople;	*Mocius*:	11. May.
Mucien, Martyr, honoré chez les Grecs;	*Mucianus*:	3. Juillet.
Muin, Evêque en Irlande;	*Munis, is*:	18. Dec.
Munnu, Abbé de Hy en Irlande;	*Munnu*, indecl.	21. Oct.
Muritte, Diacre de Carthage;	*Muritta, æ*:	13. Juillet.
Myron, Evêque en Candie;	*Myro, onis*:	8. Aoust.

N

NAbor, Martyr, honoré à Milan;	*NAbor, oris*:	12. Juillet.
Nahum, Prophete;	*Nahum*, ind.	1. Déc.
Namaze, Evêque de Vienne en Daufiné;	*Naamatius*:	17. Nov.
Namphanion, Martyr en Afrique;	*Namphanion, onis*:	4. Juillet.

Namphâse, Solitaire en Quercy;	*Namphasius:*	21. Nov.
Narcisse, Evêque de Jerusalem;	*Narcissus:*	7. Août.
Narsée, Martyr à Alexandrie;	*Narseus:*	15. Juillet.
Narsetes, Martyr en Perse;	*Narses, ëtis:*	27. Mars.
Narzales, Martyr à Carthage;	*Narzales, is:*	17. Juillet.
Nassade, Confesseur en Ultonie;	*Nassadius:*	26. Oct.
Naval, Martyr à Ravenne;	*Navalis, is:*	16. Déc.
Naufâry, Ev. honoré à Moissac en Quercy;	*Leopharius:*	14. Juin.
Nazaire, Martyr, honoré à Milan;	*Nazarius:*	28. Juillet.
Neade, Confesseur en Orient;	*Neadius:*	16. May.
Nearque, Martyr en Orient;	*Nearchus:*	22. Avril.
Nebride, Evêque en Catalogne;	*Nebridius:*	9. Février.
Nectaire, Evêque de Vienne en Daufiné;	*Nectarius:*	1. Août.
Needs, Moine de Glasseimbury;	*Neotus,*	31. Juillet.
Némese, Martyr en Cypre;	*Nemesius:*	20. Févr.
Némésien, Confesseur à Carthage;	*Nemesianus:*	23. Déc.
Neomede, Martyr au Frioul;	*Neomedes, is:*	17. Févr.
Neon, Martyr à Nicomédie;	*Neon, onis:*	24. Avril.
Neophyte, Martyr à Nicée;	*Neophytus:*	15. Janv.
Neopole, Martyr à Alexandrie;	*Neopulus:*	2. May.
Népotien, Prêtre à Altin en Italie;	*Nepotianus:*	11. May.
Nérée, Martyr à Rome;	*Nereus:*	12. May.
Nestor, Evêque en Cypre;	*Nestor, oris:*	7. Mars.
Netere, Conf. en la Limagne d'Auvergne;	*Necterius:*	9. Déc.
Nicaise, Evêque de Reims, Martyr;	*Nicasius:*	14. Déc.
Nicandre, Martyr à Vénafre;	*Nicander, dri:*	17. Juin.
Nicânor, un des sept premiers Diacres;	*Nicanor, oris:*	10. Janv.
Nicéphore, Martyr à Antioche;	*Nicephorus:*	9. Févr.
Nicétas, Evêque de Calcédoine;	*Nicetas, a,*	28. May.
Nicié, honoré à Troies; le même que S. Nisié;	*Nicetius:*	2. Avril.
Nicolas, Evêque de Myre;	*Nicolaus:*	6. Déc.
Nicomede, Martyr à Rome;	*Nicomedes:*	15. Sept.
Nicostrate, Martyr à Rome;	*Nicostratus:*	8. Nov.
Nigaise, Prêtre, Martyr au Vexin;	*Nicasius:*	11. Oct.
Nil, Abbé à Constantinople;	*Nilus:*	12. Nov.
Nilammon, Reclus en Egypte;	*Nilammon, onis:*	6. Janvier.
Nisié, Evêque de Lyon;	*Nicetius:*	2. Avril.
Nizilon, Martyr à Vilne;	*Nizilo, onis:*	31. Déc.
Nolasque, Instituteur de la Mercy;	*Nolascus:*	25. Déc.
Nom, Confesseur, honoré pres de Villepreux;	*Nummius:*	8. Juillet.
Nonce, Confesseur pres de Namur;	*Nuntius:*	10. Oct.
Nonnat, Cardinal, de l'Ordre de la Mercy;	*Nonnatus:*	31. Aoust.
Nonne, Evêque d'Héliopolis en Syrie;	*Nonnus:*	2. Déc.
Norbert, Evêque de Magdebourg;	*Norbertus:*	6. Juin.
Novat, Confesseur à Rome;	*Novatus:*	20. Juin.
Numérien, Evêque de Treves;	*Numerianus:*	7. Juillet.
Nymphas, Disciple de saint Paul;	*Nymphas, a:*	28. Févr.

O

OCean, Martyr à Candaule en Asie;	*OCéanus*:	4. Sept.
Octave, Martyr à Turin;	*Octavius*:	20. Nov.
Octavien, Martyr à Carthage;	*Octavianus*:	13. Juillet.
Odilard, Evêque de Nantes;	*Odilardus*:	14. Sept.
Odile, Abbé de Clugny;	*Odilo, onis*:	31. Déc.
Odilon, le même que saint Odile;	*Odilo, onis*:	31. Déc.
Odo, Abbé de Clugny;	*Odo, onis*:	18. Nov.
Odon, Abbé de Bel en Angleterre;	*Odo, onis*:	2. Juin.
Oeuillin, Ev. d'Evreux, h. au dioc. de Châlons;	*Aquilinus*:	19. Oct.
Ofiem, huitieme Evêque de Naples;	*Euphebius*:	23. May.
Ogér, Diacre en Hollande;	*Othgêrus*:	10. Sept.
Olâve, Roy de Norvege, Martyr,	*Olaus*:	29. Juillet.
Olivier, Religieux de sainte Croix à Ancône;	*Olivarius*:	27. May.
Olon, le même que saint Odile;	*Odilo*:	31. Déc.
Olympe, Martyr à Rome;	*Olympius*:	26. Juillet.
Omèr, Evêque de Terouanne;	*Audomârus*:	9. Sept.
Onesime, Evêque d'Ephese, Martyr;	*Onésimus*:	16. Févr.
Onesiphore, Martyr en Hellespont;	*Onesíphorus*:	6. Sept.
Onnoulé, Confesseur à Limoges;	*Damnolenus*:	25. Juin.
Onufre, Solitaire en Egypte;	*Onuphrius*:	12. Juin.
Optat, Evêque d'Auxerre;	*Optatus*:	31. Août.
Oradou, honoré comme Martyr près d'Aubusson;	*Adorator*:	3. Mars.
Orens, Evêque, honoré à Toulouse;	*Orientius*:	1. May.
Orestes, Martyr en Arménie;	*Orestes, is*:	13. Déc.
Oricle, Martyr pres de Grampré;	*Oriculus*:	18. Nov.
Oronce, Martyr à Collioure;	*Orontius*:	19. Avril.
Oropsides, Martyr chez les Grecs;	*Orópsides, is*:	22. Août.
Ortaire, Confesseur en Normandie;	*Ortarius*:	15. Avril.
Osée, Prophete;	*Osee*, indecl.	4. Juillet.
Osmond, Evêque de Salisbery;	*Osmundus*:	4. Déc.
Ostend, Evêque d'Ausche;	*Austindus*:	25. Sept.
Ostien, Prêtre en Vivarais;	*Ostianus*:	30. Juin.
Osvald, Roy d'Angleterre;	*Osualdus*:	5. Août.
Othon, Evêque de Bamberg;	*Otho, onis*:	2. Juillet.
Ou, honoré pres d'Arcies en Champagne;	*Vlfus*:	22. Janv.
Ouarlux, Confesseur, honoré à Amiens;	*Vallesius*:	20. Nov.
Oud, Diacre de Gironne, Conf. à Vautorte;	*Eovaldus*:	17. Juillet.
Ouein, Evêque de Rouen;	*Audoenus*:	24. Août.
Ougeau, le même que saint Odile;	*Odilo*:	31. Déc.
Ouïd, Confesseur à Brague;	*Auditus*:	3. Juin.
Ouil, Evêque de Londres;	*Augulius*:	7. Févr.
Ours, Confesseur à Loches;	*Vrsus*:	28. Juillet.
Oût, Prêtre en Berry;	*Augustus*:	7. Oct.

Outrille;

Outrille, Evêque de Bourges;	*Austregisilus:*	20. May.
Oye, Martyr à Leon en Espagne;	*Eutychius:*	11. Dec.
Oyend, Abbé au Diocese de Lyon;	*Eugendus:*	1. Janv.

P

PAbut, Evêque, honoré à Treguier;	*Pabutugdualus:*	30. Nov.
Pacien, Evêque de Barcelonne;	*Pacianus:*	9. Mars.
Pacôme, Instituteur des Tabennisiotes;	*Pachomius:*	9. May.
Palémon, Abbé en Thébaïde;	*Palamon, onis:*	11. Janv.
Pallais, Evêque de Bourges;	*Palladius:*	10. May.
Palmace, Martyr à Rome;	*Palmatius:*	10. May.
Palmas, Martyr à Treves;	*Palmatius:*	5. Oct.
Palphetre, Martyr à Nicomédie;	*Pálphetrus:*	24. Fév.
Pammache, Prêtre à Rome;	*Pammachius:*	30. Aoust.
Pamphalon, Soldat, Martyr en Orient;	*Pámphalon, onis:*	17. May.
Pamphamèr, Martyr à Calcédoine;	*Pámphamer, éris:*	17. May.
Pamphile, Prêtre, Martyr en Palestine;	*Pámphilus:*	1. Juin.
Pancrace, Martyr à Rome;	*Pancratius:*	12. May
Pansophe, Martyr à Alexandrie;	*Pansophius:*	15. Janv.
Pantagathe, Evêque de Vienne en Daufiné;	*Pantagathus:*	17. Avril.
Pantaleon, Medecin, Martyr à Nicomedie;	*Pantaleon, onis:*	28. Juillet.
Pantene, Confesseur à Alexandrie;	*Pantænus:*	7. Juillet
Paphnuce, Evêque en Egypte, Confesseur;	*Paphnutius:*	11. Sept.
Papias, Evêque d'Hierapolis en Phrygie;	*Papias, æ:*	22. Février.
Papinien, Evêque en Afrique, Martyr,	*Papinianus:*	28. Nov.
Papoul, Martyr en Auraguais;	*Papulus:*	3. Nov.
Papyre, Martyr à Nicomédie;	*Papyrius.*	24. Oct.
Pâquier, Evêque de Nantes;	*Paschariu:*	10. Juillet.
Paracode, Evêque de Vienne en Daufiné;	*Parácodas, æ:*	1. Janv.
Paragoire, Martyr en Corse;	*Parargorius:*	7. Sept.
Pardou, Abbé en la Marche d'Auvergne;	*Pardulfus:*	6. Oct.
Parfaict, Prêtre, Martyr à Cordoue;	*Perfectus:*	18. Avril.
Pâris, Evêque de Theâno;	*Paris, idis:*	5. Aoust.
Parise, Camaldule à Boulogne en Italie;	*Parisius:*	11. Juin.
Parmenas, un des 7. premiers Diacres;	*Parmenas, æ:*	23. Janv.
Parmene, Martyr à Cordule en Perse;	*Parmenius:*	22. Avril.
Pârre, Martyr pres de Troies en Champagne;	*Pátroclus:*	21. Janv.
Parthein, M. à R. honoré en Franche-Comté;	*Parthenius:*	19. May.
Parthene, Evêque de Lampsaque;	*Parthenius:*	7. Fév.
Pascal, de l'O. des Déchaux de S.François en Esp.	*Paschalis:*	17. May.
Pascâse, Martyr en Afrique,	*Paschasius:*	12. Nov.
Pasicrates, Martyr en Bulgarie;	*Pasícrates, is:*	25. May.
Pasteur, Martyr à Alcala de Henarez;	*Pastor, oris:*	6. Aoust.
Patape, Solitaire, honoré à Constantinople;	*Patapius:*	8. Dec.
Patermuthe, Solitaire, Martyr à Alexandrie;	*Patermuthius:*	9. Juillet.
Paterne, Evêque d'Avranches;	*Paternus:*	16. Avril.

Paternien, Evêque, honoré à Fano;	*Paternianus:*	12. Juil.
Patient, Evêque de Mets	*Patiens, entis:*	8. Janv.
Patrice, Evêque en Irlande:	*Patricius:*	17. Mars.
Pátrobas, Disciple de saint Paul;	*Pátrobas, æ:*	4. Nov.
Patrocle, Confesseur à Colmier en Berry,	*Pâtroclus:*	19. Nov.
Patu, Chanoine de Meaux;	*Patusius:*	3. Oct.
Pavas, troisieme Evêque du Mans;	*Pavatius:*	24. Juil.
Pavin, Abbé, honoré au Mans;	*Paduinus:*	3. Nov.
Paul, Apostre des Gentils;	*Paulus:*	29. Juin.
Paulien, Evêque, hon. en Auvergne, & au Vêlay;	*Paulianus:*	14. Fév.
Paulin, Evêque de Nole en Italie;	*Paulinus:*	22. Juin.
Pausicaque, Evêque de Synnade en Phrygie;	*Pausicacus:*	13. May.
Paxent, Martyr, honoré à Paris;	*Paxentius:*	23. Sep.
Pégâse, Martyr en Perse;	*Pegasius:*	2. Nov.
Pelgris, premier Evêque d'Auxerre, Martyr;	*Peregrinus:*	16. May.
Pémon, Solitaire dans la Thébaïde;	*Pœmenes, is:*	27. Aoust.
Pergentin, Martyr en Toscane;	*Pergentinus:*	3. Juin.
Perpès Evêque de Mastrict, honoré à Dinant;	*Perpetuus:*	4. Nov.
Perpet, Evêque de Tours;	*Perpetuus:*	30. Dec.
Perreuze, Solitaire en Angl. hon. en Nivernois;	*Petrocus:*	4. Juin
Phalier, Confessur à Chabris en Berry;	*Pharetrius:*	23. Nov.
Pharnace, Martyr en Arménie:	*Pharnacius:*	24. Juin.
Phébus, Martyr à Antioche;	*Phœbus:*	15. Fév.
Phiâry, Evêque d'Agen;	*Phœbadius:*	25. Avr.
Philadelphe, Martyr, honoré en Sicile;	*Philadelphius:*	10. May.
Philagre, Evêque en Cypre, Martyr;	*Philagrius:*	9. Fév.
Philaret, Confesseur en Paphlagonie;	*Philaretus:*	1. Dec.
Philastre, Evêque de Bresse;	*Philastrius:*	18. Juil.
Philbert, Abbé de Jumiéges;	*Philibertus:*	20. Aoust.
Philémon, Disciple de saint Paul;	*Philemon, onis:*	22. Nov.
Philet, Martyr en Illyrie;	*Philetus:*	27. Mars.
Philgas, M. aux bord du Danube, sous Vinguric;	*Philgas, æ:*	26. Mars.
Philippes, Apostre;	*Philippus:*	1. May.
Philocarpe, Martyr en Orient;	*Philocarpus:*	21. Mars
Philogone, Evêque d'Antioche	*Philogonius:*	20. Dec.
Philomene, Martyr à Lyon;	*Philomenus:*	2. Juin.
Philorome, Martyr en Egypte;	*Philoromus:*	4. Fév.
Phocas, Jardinier, Martyr à Synope;	*Phocas, æ*	5. Mars.
Piat, Prêtre, Martyr à Tournay;	*Piato, onis:*	1. Oct.
Pie, Pape;	*Pius:*	11. Juillet.
Piêns, Evêque de Poitiers, mort à Paris;	*Pientius:*	13. Mars
Pierre, Prince des Apostres;	*Petrus:*	29. Juin.
Pion, Prêtre en Berry;	*Opio, onis:*	12. Oct.
Pigmene, Evêque d'Autun;	*Pigmenius:*	31. Oct.
Pinyte, Evêque en Candie;	*Pinytus:*	10. Oct.
Piône, Martyr en Asie;	*Pionius:*	5. Avril.
Pipe, Diacre à Beaune;	*Pipio, onis:*	7. Oct.

Placide, Martyr en Sicile, sous Dioclétien ;	*Placidus :*	5. Oct.
Pipoy, Martyr à Lyon ;	*Epipodius :*	22 Avril.
Plaisis, Confesseur en Berry ;	*Placidius :*	1. Sept.
Plaits, Abbé de saint Syphorien d'Autun ;	*Placitus :*	6. May.
Platon, Reclus à Constantinople ;	*Plato, onis :*	18. Mars.
Pléchaume, Evêque dans le Northomberland ;	*Plechelmus :*	15. Juillet.
Plutarque, Martyr à Alexandrie ;	*Plutarchus :*	28. Juin.
Poëntal, Martyr à Antioche ;	*Poental, alis :*	29. Mars.
Poins, Abbé pres d'Avignon ;	*Pontius :*	30. Dec.
Polycarpe, Evêque de Smyrne, Martyr ;	*Polycarpus :*	26. Mars.
Polyclet, Martyr à Alexandrie ;	*Polycletus :*	24. Mars.
Polychrone, Evêque, Martyr en Perse ;	*Polychronius :*	17. Fév.
Polyeucte, Martyr en Armenie ;	*Polyeuctus :*	13. Fév.
Pompée, Evêque de Pavie ;	*Pompeius :*	14. Dec.
Pompin, Martyr en Afrique ;	*Pompinus :*	18. Dec.
Pompone, Evêque de Naples ;	*Pomponius :*	14. May.
Ponce, Diacre de saint Cyprien ;	*Pontius :*	8. Mars.
Pons, Martyr à Cimies en Provence ;	*Pontius :*	14. May.
Porcaire, Abbé de Lérins, Martyr ;	*Porcarius :*	12. Aoust.
Porchaire, Abbé de saint Hilaire de Poitiers ;	*Porcarius :*	31. May.
Porphyre, Evêque de Gaze ;	*Porphyrius :*	26. Fév.
Possin, Martyr à Milan ;	*Possinus :*	6. May.
Potamon, Martyr en Thrace ;	*Potamon, onis :*	18. May.
Potentien, Martyr à Sens ;	*Potentianus :*	31. Dec.
Pothin, Evêque de Lyon, Martyr ;	*Pothinus :*	2. Juin.
Pouange, Confesseur en Champagne ;	*Potaminus :*	31. Jan.
Pourçain, Abbé en Auvergne ;	*Portianus :*	24. Nov.
Pozan, Prêtre à Chatillon sur Loire ;	*Possennus :*	17. Juin.
Pragmace, Evêque d'Autun ;	*Pragmatius :*	22. Nov.
Précorz, Prieur de Vély sur Aîne ;	*Præcordius :*	1. Fév.
Prétextat, Martyr à Rome ;	*Prætextatus :*	11. Dec.
Preuil, Martyr à Autun ;	*Próculus :*	4. Nov.
Preuts, Evêque d'Avenches en Suisse ;	*Protasius :*	6. Nov.
Prex, Martyr, honoré au Diocese de Chartres ;	*Priscus :*	16. Oct.
Priam, Martyr en Sardeigne ;	*Priamus :*	28. May.
Prime, Martyr à Rome ;	*Primus :*	9. Juin.
Primien, Martyr en Afrique ;	*Primianus :*	29. Dec.
Primitif, Martyr à Sarragosse ;	*Primitivus :*	16. Avril.
Princes, Evêque de Soissons ;	*Principius :*	25. Sep.
Principe, Evêque du Mans ;	*Principius :*	16 Sept.
Principin, hon. à Souvigny en Bourbonnois ;	*Principinus,*	12. Nov.
Priscillien, Martyr à Rome ;	*Priscillianus :*	4. Janv.
Prisque, Martyr à Césarée de Palestine ;	*Priscus :*	28. Mars.
Privat, Evêque & Martyr, honoré à Mende ;	*Privatus :*	21. Aoust.
Prix, Evêque de Clermont, Martyr ;	*Prajectus :*	25. Janv.
Probas, Prestre, honoré à Saint-Cloud ;	*Probatius :*	1. Juin.
Processe, Martyr à Rome ;	*Processus :*	2. Juillet.

Procle, Evêque de Constantinople;	*Proclus*:	24. Oct.
Procope, Martyr en Palestine;	*Procopius*:	7. Juin.
Procôre, l'un des 7 premiers Diacres;	*Próchorus*:	9. Avril.
Procule, Martyr à Boulogne en Italie;	*Proculus*:	1. Juin.
Prosdocime, Evêque de Padoue;	*Prosdocimus*:	7. Nov.
Prosper, Evêque d'Orleans;	*Prosper, eris*:	9. Juillet.
Protais, Martyr à Milan;	*Protasius*:	19. Juin.
Prote, Martyr à Rome;	*Protus*:	11. Sept.
Protère, Evêque d'Alexandrie, Martyr;	*Proterius*:	28. Mars.
Protolyque, Martyr à Alexandrie;	*Protolycus*:	14. Fév.
Provin, Evêque de Come, né en France;	*Probinus*:	8. Mars.
Prouent s, Confesseur en Poitou;	*Prudentius*:	6. Oct.
Prudence, Evêque de Taraçone;	*Prudentius*:	28. Avril.
Ptolomée, Soldat, Martyr à Alexandrie;	*Ptolemæus*:	20. Déc.
Publicien, Martyr en Afrique;	*Publicianus*:	9 Déc.
Publius, Martyr en Afrique;	*Publius*:	12. Nov.
Pulchrône, Evêque de Verdun;	*Polychronius*:	30. Avril.
Pusice, Martyr en Perse sous Sapor;	*Pusicius*:	21. Avril.
Pyrrhus, Evêque en Grece;	*Pyrrhus*:	1. Juin.

Q

QUadrat, mentionné au Cal. de Carthage;	*QVadratus*:	21. Aoust.
Qué, Ev. en Irlande, hon. pres S. Brieu;	*Quinocus*:	1. Oct.
Quentin, Martyr en Vermandois;	*Quintinus*:	31. Oct.
Quiniz, Evêque de Vaison en Venaiscin;	*Quinidius*:	15. Fév.
Quintien, Evêque de Clermont;	*Quintianus*:	10. Oct.
Quintilien, Evêque de Séleucie;	*Quintilianus*:	16. Nov.
Quintin, Martyr en Touraine;	*Quintinus*:	4. Oct.
Quiriace, honoré à Provins;	*Quiriacus*:	1. May.
Quirin, Evêque de Sisceg en Illyrie, Martyr;	*Quirinus*:	4. Juin.
Quoamal, Martyr à Tuy en Gallice;	*Quoamal, alis*	15. Avril.
Quodvultdéus, Evêque de Carthage;	*Quodvultdeus, i*:	8. Janv.

R

RAbier, Confesseur en Périgord;	*RIbertus*:	15. Aoust.
Rabulas, Abbé, natif de Samosates;	*Rabulas, æ*:	19. Fév.
Rambert, Martyr à Bron en Bresse;	*Ragnebertus*:	13. Juin.
Ramir, Moine, Martyr à Leon en Espagne	*Ramirus*:	13. Mars.
Randaud, Martyr à Granfel au Dioc. de Bâle;	*Randoaldus*:	21. Fev.
Raoul, Moine, Prêtre, mort à Rennes;	*Radulfus*:	16. Aoust.
Raphaël, Arcange;	*Raphael, elis*:	h. le 12. S.
Rasyphe, Martyr au Diocese de Seès;	*Rasyphus*:	23. Juil.
Rathbod, Evêque d'Utrect;	*Radbôdus*:	29. Nov.
Ravenne, Martyr, honoré à Baïeux;	*Ravennus*:	23. Juil.
Raymond, Archidiacre de Toulouse;	*Ragnemôdus*:	9. Nov.

Remacle, Evêque de Mastrict;	*Remaclus :*	3. Sept.
Rembert, Evêque d'Hambourg;	*Rembertus :*	11. Juin.
Remezy, Evêque de Gap;	*Remedius :*	3. Fév.
Rémo, Evêque de Gennes;	*Romulus :*	13 Oct.
Remy, Evêque de Reims;	*Remigius :*	13. Janv.
Renan, Confesseur, honoré en basse-Bretagne;	*Ronanus :*	1. Juin.
Rénat, Evêque de Sorrente au R. de Naples;	*Renatus :*	6. Oct.
Renaud, Evêque de Nocere en Italie;	*Reginaldus :*	9. Fév.
René, Evêque d'Angers;	*Renatus :*	12. Nov.
Reniér, pèlerin, honoré à Pise en Toscane;	*Ragnerius :*	17. Juin.
Renobert, Evêque de Baïeux;	*Regnobertus :*	16. May.
Renon, Martyr à Télu en Artois;	*Ragenulfus :*	9. Nov.
Rephaire, Evêque de Coutances;	*Rumpharius :*	18. Nov.
Réstitut, Evêque de Troichâteaux;	*Restitutus :*	7. Nov.
Rétice, Evêque d'Autun;	*Retitius :*	19. Juil.
Révérens, Prêtre à Noâtre en Touraine;	*Reverentius :*	12. Sept.
Révérien, Ev. d'Autun, en Forès dit S. Riran;	*Reverianus :*	1. Juin.
Révocat, Martyr à Carthage;	*Revocatus :*	7. Mars.
Rhodopien, Martyr en Carie;	*Rhodopianus :*	3. May.
Ribert, Corévêque en Ponthieu;	*Rithbertus :*	5. Sept.
Ribier, Moine de Saint-Claude;	*Ribarius :*	19. Dec.
Richard, Evêque de Chester;	*Ricardus :*	3. Avril.
Rieu, Moine de Landevenec;	*Riocus :*	12. Fév.
Rieule, premier Evêque de Senlis;	*Regulus :*	30. Mars.
Rigaur, honoré comme M. au Dioc. de Mâcon;	*Ricaldus :*	7. Oct.
Rigobert, Evêque de Reims;	*Rigobertus :*	4. Janv.
Rigomé, Confesseur à Souligné au Maine;	*Ricmirus :*	17 Janv.
Rigomèr, Evêque de Meaux;	*Rigoméres, is :*	28. May.
Rimaut, le même que saint Rombaut;	*Rumoldus :*	24. Juin.
Rion, Prêtre, Moine de Redon;	*Riovennus :*	14. Avril.
Riquier, Abbé en Ponthieu;	*Richarius :*	26. Avril.
Riran, le même que saint Révérien;	*Reverianus :*	1. Juin.
Robert, Instituteur de l'Ordre de Citeaux;	*Robertus :*	21. Mars.
Robustien, Martyr à Milan;	*Robustianus :*	31. Aoust.
Roch, Confesseur, honoré à Montpéliér;	*Rochus :*	16. Aoust.
Rodrigue, Prêtre, Martyr à Cordoue;	*Rudericus :*	13. Mars.
Rogat, Moine, Martyr sous Hunneric;	*Rogatus :*	2. Juillet.
Rogatien, Martyr à Nantes;	*Rogatianus :*	24. May.
Rogér, Evêque de Canne, honoré à Barlete;	*Rogerius :*	30. Déc.
Roguil, Evêque de Forlimpopoli;	*Rufillus :*	18. Juillet.
Roils, Evêque de Bourges;	*Radulfus :*	21. Juin.
Roimbaut, (voyez Rombaut);	*Rumoldus :*	24. Juin.
Rôlland, Moine de l'Ordre de Citeaux;	*Rollandus :*	16. Janv.
Romain, Prêtre à Blaïe;	*Romanus :*	24. Nov.
Romaric, Fondateur de Remiremont;	*Romaricus :*	8. Déc.
Rombaut, Evêque de Dublin, Martyr;	*Rumoldus :*	24. Juin.
Romble, Prêtre à Saint-Satur en Berry;	*Romulus :*	1. Nov.
Rome, Confesseur à Bourdieu en Berry;	*Romadius :*	25. Août.

Romule Martyr à Césarée en Palestine;	*Romulus* :	24. Mars.
Romuald, Instituteur des Camaldules,	*Romualdus* :	19. Juin.
Roques, Evêque d'Autun, mort à Bâle;	*Racho, onis* :	25. Janv.
Rose, Ev. en Afr. h. au Royaume de Naples;	*Rosius* :	16. May.
Rossore, Martyr en Sardeigne;	*Luxorius* :	21. Août.
Rostaing, Evêque d'Arles;	*Rostagnus* :	13. Juillet.
Rouin, Abbé de Beaulieu en Argonne;	*Rodingus* :	17. Sept.
Routris, Evêque de Clermont;	*Rusticus* :	24. Sept.
Rozeind, Evêque de Dume en Espagne;	*Rudesindus* :	1. Mars.
Ruan, Abbé de Lothre en Irlande;	*Rodanus* :	15. Avril.
Ruaut, Evêque de Vennes;	*Rodaldus* :	22. Oct.
Rufin, Martyr à Basoche pres de Fimes;	*Rufinus* :	14. Juin.
Rupert, Evêque de Salsbourg;	*Rupertus* :	27. Mars.
Rumon, Evêque en Angleterre;	*Rumonus* :	4. Janv.
Rus, premier Evêque d'Avignon;	*Rufus* :	12. Nov.
Rustique, Prêtre, Martyr à Paris;	*Rusticus* :	9. Oct.

S

SAbas, Abbé, honoré pres la mer Morte;	*SAbas, a* :	5. Déc.
Sabin, Evêque d'Assise;	*Sabinus* :	30. Déc.
Sâdre, le même que saint Cezadre;	*Cessator* :	15. Nov.
Saens, Abbé de Cansoudain en Caux;	*Sidonius* :	14. Nov.
Saffier, Confesseur en Berry;	*Sapphirus* :	6. Sept.
Saflorein, le même que saint Syphorien;	*Symphorianus* :	22. Aoust.
Sagar, Evêque de Laodicée, Martyr;	*Sagar, aris* :	6. Oct.
Saintin, Evêque de Meaux;	*Sanctinus* :	22. Sept.
Saires, Curé à Cateaucambresis;	*Sarius* :	13. Nov.
Salomon, Martyr à Cordoue;	*Salomon, onis* :	13. Mars.
Salône, Evêque de Genève;	*Salonius* :	28. Sept.
Salve, Martyr en Afrique;	*Salvius* :	11. Janv.
Salvy, Evêque d'Alby;	*Salvius* :	10. Sept.
Samuel, Prophete;	*Samuel, elis* :	20. Août.
Sanchez, Martyr à Cordoue,	*Sancio, onis* :	5. Juin.
Sancte, Diacre, Martyr à Lyon;	*Sanctus* :	2. Juin.
Sandou, Evêque de Vienne en Dauphiné;	*Sindulfus* :	10. Déc.
Sandraz, Abbé au Diocese de Strasbourg;	*Sanderâdus* :	24. Août.
Sanson, Evêque, mort en Bretagne;	*Sampson, onis* :	28. Juillet.
Sané, honoré pres Loumaria en Bretagne;	*Sananus* :	6. Mars.
Sapidique, Martyr en Orient;	*Sapidicus* :	7. Déc.
Sardont, Evêque de Limoges;	*Sacerdos, otis* :	5. May.
Satule, Martyr en Orient;	*Satulus* :	2. Avril.
Satur, Martyr à Carthage;	*Satyrus* :	7. Mars.
Saturnin, premier Ev. de Toulouse, Martyr;	*Saturninus* :	29. Nov.
Satyre, frere de saint Ambroise;	*Satyrus* :	17. Sept.
Savin, Conf. honoré à Lavedan en Bigorre;	*Sabinus* :	9. Oct.
Savinien, premier Evêque de Sens, Martyr;	*Savinianus* :	31. Déc.
Savourny, le même que saint Saturnin;	*Saturninus* :	29. Nov.
Sauge, honoré à Valenciennes;	*Salvius* :	26. Juin.

Saumay, Solitaire en Limousin;	*Psalmodius* :	8. Mars.
Sauve, Evêque d'Amiens;	*Salvius* :	28. Oct.
Sebastien, Martyr à Rome;	*Sebastianus* :	20. Janvier.
Sebis, Martyr à Rome sous Commode;	*Eusebius* :	25. Août.
Segond, Martyr à Ast en Piémont;	*Secundus* :	30. Mars.
Seine, Prêtre en Bourgogne;	*Sigo, onis* :	19. Sept.
Sèlering, C. au M. le même que S. Sènery;	*Senericus* :	7. May.
Selve, Evêque de Toulouse;	*Sylvius* :	31. May.
Sembein, Evêque de Nantes;	*Similianus* :	16. Juin.
Senary, le même que saint Nazaire;	*Nazarius* :	28. Juillet.
Senaitre, le même que saint Sinier;	*Senator* :	18. Sept.
Sence, Martyr à Biede, honoré à Spolete;	*Sentias, âtis* :	25. May.
Sendre; le même que saint Sinier;	*Senator* :	18. Sept.
Sènery, Confesseur au Maine, honoré en Brie;	*Serenîcus* :	7. May.
Senoch, Abbé mort à Loches;	*Senoch*, ind.	24. Oct.
Serdot, Evêque de Lyon, mort à Paris;	*Sacerdos, otis* :	12. Sept.
Serein., Confesseur en Champagne;	*Serenus* :	2. Aoust.
Serf, Soudiacre, Martyr sous Hunneric;	*Servus* :	17. Oct.
Serfle, Martyr à Trieste en Istrie;	*Servulus* :	24. May.
Serge, M. en Orient, h. à S. Benoist de Paris;	*Sergius*;	7. Oct.
Serné, Solitaire pres de Sablé;	*Serenêdus* :	21. Juillet.
Serneu, honoré à Billon en Auvergne;	*Sineros, ôtis* :	23. Février.
Sernin, le même qne saint Saturnin,	*Saturninus* :	29. Nov.
Sernis, Conf. au Diocese de Leon en Bretagne;	*Isserninus* :	19. Sept.
Serotin, Martyr à Sens;	*Serotinus* :	22. Sept.
Servais, premier Evêque de Mastrict;	*Servatius* :	13. May.
Servan, Ecossois, mort an Payïs de Galles;	*Servanus* :	1. Juillet.
Servand, Martyr prés de Cadiz;	*Servandus* :	23. Oct.
Servilien, Martyr à Rome;	*Servilianus* :	3. Oct.
Servule, C. à Rome, où on dit San-Servolo;	*Sérvulus* :	23. Dec.
Sevart, Abbé de S. Calès au Maine, h. à Sens;	*Siviardus* :	1. Mars,
Sevé, honoré comme Martyr en Bigorre;	*Severus* :	1. Nov.
Sever, Evêque d'Avranches;	*Severus* :	6. Juillet.
Sévere, Evêque de Ravenne,	*Severus* :	1. Févr.
Sévérien, l'un des quatre Couronnez;	*Severianus* :	8. Nov.
Severin, A. de S. Maurice, mort à Châteaulandō.	*Severinus* :	11. Févr.
Sevêtre, second Abbé de Moutier-saint-Jean;	*Sylvester* :	15. Avril.
Sevin, honoré en Poitou;	*Sabinus* :	11. Juillet.
Siacre, Evêque de Nice, honoré à Cimics;	*Siacrius* :	23. May.
Sicaire, Evêque de Lyon;	*Sicarius* :	26. Mars.
Sidoine, Evêque de Clermont;	*Sidonius* :	23. Août.
Sidroin, honoré à Messines en Flandres;	*Sidronius* :	3. Juillet.
Sidroine, Martyr, honoré pres de Joigny;	*Sidronius* :	11. Juillet.
Sierge, h. à Angers, le même que saint Serge;	*Sergius* :	7. Oct.
Sifroy, Evêque de Vexieu en Suede;	*Sigifrîdus* :	15. Févr.
Sigébert, Roy d'Austrasie;	*Sigebertus* :	1. Févr.
Sigismond, Roy des Bourguinons;	*Sigismundus* :	1. May.

Sigues, Evêque de Clermont;	*Sigo, onis:*	10. Fév.
Silas, Disciple des Apôtres;	*Silas, æ:*	13. Juillet.
Simeon, Evêque de Jérusalem, Martyr;	*Simeon, onis:*	18. Février.
Simon, Apôtre;	*Simon, onis:*	28. Oct.
Simples, Confesseur à Tours;	*Simplicius:*	1. Mars.
Simplice, Evêque d'Autun;	*Simplicius:*	24. Juin.
Simplicien, Evêque de Milan;	*Simplicianus:*	13. Août.
Simplides, Evêque de Vienne en Dauphiné;	*Simplidas, æ:*	11. Févr.
Sinier, Evêque d'Avranches;	*Senator:*	18. Sept.
Siran, A. en Berry; mal orthographié Cyran;	*Sigirannus:*	4. Déc.
Siroine, Martyr en Saintonge:	*Serronius:*	20. Août.
Sisebut, Abbé de Cardegne en Espagne;	*Sisebutus:*	15. Mars.
Sisenand, Diacre, Martyr à Cordoue;	*Sisenandus:*	16. Juil.
Sisinne, loué par St Augustin, M. pres Trente;	*Sisinnius:*	29. May.
Sisoès, Confesseur en Egypte;	*Sisoes, oïs:*	5. Juillet.
Siviard, le même que saint Sevart;	*Siviardus:*	1. Mars.
Sixte, Pape, premier du nom;	*Sixtus:*	3. Avril.
Smaragde, Martyr à Rome;	*Smaragdus:*	16. Mars.
Soacre, Evêque du Puy;	*Suacrius:*	12. Nov.
Socrate, Martyr à Perge en Pamphilie;	*Socrates:*	19. Avril.
Solan, mort à Maillé, le même que S. Souleine;	*Solemnis:*	24. Sept.
Soluteur, Martyr à Turin;	*Solutor, oris:*	20. Nov.
Sophonie, Prophete en Judée;	*Sophonias, æ:*	3. Déc.
Sophrône, Evêque de Jerusalem;	*Sophronius:*	11. Mars.
Sorlin, le même que saint Saturnin;	*Saturninus:*	29. Nov.
Sosandre, Martyr à Ancyre;	*Sosander, dri:*	19. Sept.
Sosie, Diacre, Martyr à Pouzzolles;	*Sosius:*	25. Juin.
Sosipatre, Disciple de saint Paul;	*Sosipater, tri:*	21. May.
Sospis, Reclus à Nice;	*Hospitius:*	28. Nov.
Sosthenes, Disciple de saint Paul;	*Sosthenes, is:*	22. Avril.
Sotèr, Pape;	*Soter, eris:*	22. Avril.
Soucy, C. à Matelique en la Marche d'Ancone,	*Sollicitus:*	6. Mars.
Souffroy, Abbé en Angleterre, mort à Langres;	*Ceolfridus:*	25. Sept.
Souleine, Evêque de Chartres, h. à Blois;	*Solemnis:*	24. Sept.
Soupplex, Evêque de Mastrict;	*Supplicius:*	9. Fév.
Sour, Solitaire en Périgord;	*Sorus:*	1. Fév.
Sous, h. en Berry, le même que S. Celse;	*Celsus:*	28. Juil.
Soussin, Prêtre à Laon;	*Celsinus:*	25. Oct.
Sozont, Martyr en Cilicie;	*Sozon, ontis:*	7. Sept.
Space, honoré à Baïeux & aux Andelis;	*Spacius:*	10. Nov.
Spécieux, Moine pres de Capoue;	*Speciosus:*	15. Mars.
Speusippe, Martyr, honoré à Langres;	*Speusippus:*	17. Janvier.
Sphern; le même que saint Syphorien;	*Symphorianus:*	22. Aoust.
Spire, Evêque de Baïeux, honoré à Corbeil;	*Exuperius:*	1. Aoust.
Spiridion, Ev. en Cypre, Confesseur de la Foy;	*Spiridion, onis:*	14. Dec.
Stable, Evêque de Clermont;	*Stabilis, is:*	1. Janv.
Stactée, fils de sainte Symphorose, Martyr;	*Stacteus:*	18. Juillet.

Stanislas,

Stanislas, Evêque de Cracovie, Martyr ;	*Stanislaüs :*	8. May.
Stapin, honoré en Languedoc ;	*Stapinus :*	6. Août.
Statien, Martyr à Sébaste avec St Athénogenes ;	*Statianus :*	17. Juill.
Statulien, Martyr en Afrique ;	*Statulianus :*	3. Janv.
Stercace, Martyr à Sébaste avec S. Statien ;	*Stercatius :*	17. Juillet.
Stratege, Martyr à Nicomédie ;	*Strategius :*	19. Août.
Straton, Martyr à Alexandrie ;	*Strato, onis :*	12. Sept.
Stratonique, Martyr à Singidone ;	*Stratonicus :*	13. Janv.
Stylien, Solitaire en Paphlagonie :	*Stylianus :*	26. Nov.
Styrace, Martyr sous Licinius ;	*Styracius :*	2. Nov.
Suale, Prêtre Anglois, honoré en Allemagne ;	*Solas, a :*	2. Déc.
Subran, Abbé en Périgord ;	*Cyprianus :*	9. Déc.
Succeſſe, Martyr à Sarragoſſe ;	*Succeſſus :*	16. Avril.
Suérilas, Martyr ſur le bord du Danube ;	*Suerilas, a :*	26. Mars
Suffroy, Ev. de Venaſque, honoré à Carpentras ;	*Siffredus :*	27. Nov.
Suibert, Evêque, Miſſionaire en Friſe ;	*Suitbertus :*	1. Mars.
Suillaf, Abbé pres Saint-Malo ;	*Suliavus :*	29. Juillet.
Suirad, Solitaire en Hongrie ;	*Zoërardus :*	16. Juill.
Sulcan, Martyr à Calcédoine ;	*Solochon, onis :*	17. May.
Sulpice, Evêque de Bourges ;	*Sulpitius :*	17. Janvier.
Supery, le même que St Exupere de Toulouſe ;	*Exuperius :*	28. Sept.
Surin, Evêque, honoré à Bordeaux ;	*Severinus :*	23. Oct.
Syagre, Evêque d'Autun ;	*Syagrius :*	27. Aouſt.
Sylveſtre, Pape ;	*Sylveſter :*	31. Déc.
Symphrône, Martyr à Rome ;	*Symphronius :*	26. Juillet.
Syneſe, Martyr à Nicomédie ;	*Syneſius :*	4. Janv.
Syphorien, Martyr à Autun ;	*Symphorianus :*	22. Août.
Syr, Evêque de Gennes ;	*Syrus :*	29. Juin.
Syrice, Martyr en Afrique ;	*Syricius :*	26. Avril.

T

TAnnoley, le même que ſaint Domnole ;	*DOmnolus :*	1. Déc.
Taſon, 2. Abbé de S. Vincent ſur Vulturne ;	*Taſo, onis :*	11. Janv.
Taſſe, Martyr à Milan ;	*Taſſus :*	6. May.
Tatien, Martyr à Comopolis en Phrygie ;	*Tatianus :*	12. Sept.
Taurin, Evêque d'Evreux ;	*Taurinus :*	11. Août.
Teleſphore, Pape & Martyr ;	*Teléſphorus :*	5. Janv.
Teliou, Ev. de Laudaf, au Payïs de Galles ;	*Teliaüs :*	9. Févr.
Ténénan, Evêque de Leon en Bretagne ;	*Tinidorus :*	16. Juillet.
Terce, Martyr à Corinthe ;	*Tertius :*	20. Juillet.
Térence, Evêque de Mets ;	*Terentius :*	28. Sept.
Térentien, Evêque, honoré à Tortone ;	*Terentianus :*	1. Sept.
Terredes, Martyr à Gap ;	*Tygridius :*	3. Févr.
Tertulle, Martyr en Thrace ;	*Tertullus :*	8. May.
Tertullien, Evêque de Boulogne en Italie ;	*Tertullianus :*	27. Avril.
Tertullin, Prêtre, Martyr à Rome ;	*Tertullinus :*	4. Août.

Tétrade, Evêque de Bourges ;	*Tetradius :*	16. Févr.
Thadée, le même que saint Jude ;	*Thaddæus :*	28. Oct.
Thalasse, Corévêque, mort à Issoudun ;	*Thalassius :*	30. Oct.
Thale, Martyr à Laodicée en Carie ;	*Thalus :*	11 Mars.
Thalélée Sabaïte pres Gibel en Syrie ;	*Thalelæus :*	27. Févr.
Tharaque, Martyr à Anazarbe ;	*Thiracus :*	11. Oct.
Tharsice, Acolyte, Martyr à Rome ;	*Tharsitius :*	15. Août.
Thatuel, Martyr à Edesse sous Adrien ;	*Thatuel, elis :*	4. Sept.
Theau, Orfévre à Paris, puis Moine ;	*Thillo, onis :*	7. Janvier.
Thémiste, Martyr à Rome ;	*Themistius :*	24. Déc.
Thémistocles, Berger en Lycie, Martyr ;	*Themistocles, is :*	21. Déc.
Theodemir, Abbé de Saint-Mémin ;	*Theodemirus :*	19. Nov.
Theodore, Martyr à Amasée ;	*Theodorus,*	9. Nov.
Theodorit, Prêtre, Martyr à Antioche ;	*Theodoretus :*	23. Oct.
Theodose, Abbé pres de Jérusalem ;	*Theodosius :*	11. Janv.
Theodote, Evêque de Cérines en Cypre ;	*Theodotus :*	17. Janv.
Theodule, Lecteur, Martyr à Thessalonique ;	*Theodulus :*	4. Avril.
Theodulfe, honoré comme Evêque à Bins ;	*Theodulfus :*	24. Juin
Theogenes, Martyr en Hellespont ;	*Theogenes, is :*	3. Janv.
Theogone, Martyr à Edesse ;	*Theogonus :*	21. Aoust.
Theomedes, M. à Tody avec quelques autres ;	*Theomedes, is :*	26. May.
Theonas, Evêque d'Alexandrie ;	*Theonas, æ :*	23. Aoust.
Theoneste, Evêque d'Altin, Martyr ;	*Theonestus :*	30. Oct.
Theonitas, Martyr en Egypte ;	*Theonitas, æ :*	9. Févr.
Theophanes, Abbé pres de Cyzique ;	*Theophanes, is :*	12. Mars.
Theophile, Evêque d'Antioche ;	*Theophilus :*	13. Oct.
Theophylacte, Evêque de Nicomédie ;	*Theophylactus :*	8. Mars.
Theopiste, Martyr à Rome ;	*Theopistus :*	1. Nov.
Theopompe, Evêque, martyrizé à Nicomédie ;	*Theopompus :*	4. Janv.
Theoprépides, Martyr en Illyrie ;	*Theoprepides, is :*	27. Mars
Theotime, Evêque en Scythie ;	*Theotimus :*	20. Avril.
Theotyque, Martyr en Egypte ;	*Theotychus :*	4. Mars
Theozone, M. à Sébaste avec St Athénogenes ;	*Theozonius :*	17. Juillet.
Thérapont, Prêtre, Martyr en Lydie ;	*Therapon, ontis :*	27. May.
Théfide, M. à Toscanelle pres le Lac de Bolsene ;	*Thesidius :*	1. Avril.
Thespese, Martyr en Cappadoce ;	*Thespesius :*	1. Juin.
Thèreviu, Moine de Redon au D. de Vennes ;	*Thetivius :*	11. Janv.
Thibaut, Confesseur, honoré à Provins ;	*Theobaldus :*	30. Juin.
Thiel, honoré à Yvrée en Piémont ;	*Tegulus :*	17. Nov.
Thierry, Prêtre, honoré pres de Reims ;	*Theodoricus :*	1. Juin.
Thiers, le même que S. Theodore ;	*Theodorus :*	9. Nov.
Thifroy, Abbé de Corbie ;	*Theofredus :*	9. Oct.
Thilloine, le même que S. Theau ;	*Thillo, is :*	7. Janvier.
Thiou, Abbé de Saint-Thierry ;	*Theodulfus :*	1. May.
Thiphaine, Confesseur ;	*Theophanius :*	9. Sept.
Thitoin, Prieur de Ste Croix de Conimbre ;	*Theotonius :*	18. Février.
Thôdart, Evêque de Narbonne ;	*Theodardus :*	1. May.

Thomas, Apôtre ;	*Thomas, æ :*	21. Déc.
Thraseas, Evêque, honoré à Smyrne ;	*Thraseas, æ :*	5. Oct.
Thrason, Martyr à Rome ;	*Thrason, onis :*	11. Déc.
Thyrse, Martyr à Autun, honoré à Saulieu ;	*Thyrsus :*	24. Sept.
Tiberge, le même que saint Tubery ;	*Tiberius :*	10. Nov.
Tiburce, Martyr à Rome ;	*Tiburtius :*	11. Aoust.
Timolas, Martyr à Césarée en Palestine ;	*Timolaüs :*	24. Mars.
Timoleon, Martyr en Mauritanie ;	*Timoleon, onis :*	19. Déc.
Timon, l'un des 7. premiers Diacres ;	*Timon, onis :*	19. Avril.
Timothée, Disciple de S. Paul, Ev. d'Ephese ;	*Timotheus :*	24. Janv.
Tite, Disciple de S. Paul, Evêque de Crete ;	*Titus :*	4. Janv.
Tithoès, 2. Sup. des Religieuses de S. Pacôme ;	*Tithoes, is :*	26. Aoust.
Titien, Evêque de Lodi ;	*Titianus :*	1. May.
Tobie, Martyr à Sébaste sous Licinius ;	*Tobias, æ :*	2. Nov.
Toël, h. à Pommerit-Jaudy, au D. de Tréguier ;	*Dogmael :*	14. Juin.
Tonnolein, honoré au Gimel en Limousin ;	*Domnolenus :*	25. Juin.
Torive, Evêque d'Astorgue ;	*Turibius :*	16. Avr.
Torquat, Evêque de Guadix en Andalousie ;	*Torquatus :*	14. Juin.
Totnan, Prêtre, martyrizé à Virsbourg ;	*Totnanus :*	8. Juill.
Touchart, Confesseur à Amblis en Berry ;	*Dulcardus :*	25. Oct.
Tranquilin, Martyr à Rome ;	*Tranquillinus :*	6. Juillet.
Tranquille, Abbé de Saint-Benigne de Dijon ;	*Tranquillus :*	15. Mars
Trémoré, Confesseur en Bretagne ;	*Tremorius :*	8. Nov.
Tresain, Prêtre à Avenay en Champagne ;	*Tresanus :*	7. Févr.
Trety, Evêque d'Auxerre ;	*Tetricus :*	18. Mars.
Triphylle, Evêque de Nicosie en Cypre ;	*Triphyllius :*	13. Juin.
Tripodes, Martyr pres de Rome ;	*Tripos, odis :*	10. Juin.
Triviér, Moine, honoré en Dombes ;	*Treverius :*	16. Janv.
Troëse, Confesseur, honoré en Nivernois ;	*Trojecius :*	17. Oct.
Trojan, Evêque de Saintes ;	*Trojanus :*	30. Nov.
Tron, Prêtre, au Comté d'Hasbain ;	*Trudo, onis :*	23. Nov.
Tronquets, Evêque de Troichâteaux ;	*Torquatus :*	31. Janv.
Tronvin, Evêque en Ecosse ;	*Trunvinus :*	10. Févr.
Tropès, Martyr à Pise, honoré à Fréjus ;	*Torpes, etis :*	29. Avril.
Trophime, premier Evêque d'Arles ;	*Trophimus :*	29. Déc.
Trotteins, le même que saint Droctovée ;	*Droctoveus :*	10. Mars.
Truyen, le même que S. Tron ;	*Trudo :*	23. Nov.
Tryphon, Evêque de Constantinople ;	*Tryphon, onis :*	19. Avril.
Tubéry, Martyr au Diocese d'Agde ;	*Tiberius :*	10. Nov.
Tudy, Conf. hon. à Enestudy en Bretagne ;	*Tudinus :*	9. May.
Tugal, Evêque, honoré à Laval ;	*Tugdualus :*	30. Nov.
Tujan, Abbé, honoré à Braspars ;	*Tujanus :*	1. Févr.
Tuitien, Duc de Carinthie ;	*Domitianus :*	5. Févr.
Turiaf, Ev. hon. à la Croix S. Leufroy & à Paris ;	*Turiavus :*	13. Juill.
Tychique, Disciple de saint Paul ;	*Tychicus :*	29. Avril.
Tygride, Archidiacre de Clermont ;	*Tygridius :*	16. Févr.
Tyrannion, Evêque de Tyr, Martyr à Antioche ;	*Tyrannio :*	20. Févr.

V

VAbles, le même que saint Babylas;	*BAbylas*:	24. Janv.
Vaise, honoré à Saintes;	*Vasius*:	16. Avril.
Valabonse, Diacre, Martyr à Cordoue;	*Valabonsus*:	7. Juin.
Valbert, le même que S. Vaubert;	*Valdebertus*:	2. May.
Valèns, Evêque de Vérone;	*Valens, entis*:	26. Juillet.
Valentin, Martyr à Terni pres de Rome;	*Valentinus*:	14. Févr.
Valentinien, Martyr en Lucanie;	*Valentinianus*:	20. Aoust.
Valention, Martyr en Bulgarie:	*Valentio, onis*:	25. May.
Valere, Martyr à Basoche pres Fimes;	*Valerius*:	14. Juin.
Valerein, Martyr à Tournus sous Marc-Aurele:	*Valerianus*:	15. Sept.
Valérien, époux de sainte Cécile, Martyr;	*Valerianus*:	14. Avril.
Valery, Abbé en Vimeu;	*Valarîcus*:	12. Déc.
Valfroie, Solitaire en Luxembourg;	*Vulfiláicus*:	7. Juillet.
Valfroy, Abbé de Palassole en Toscane;	*Valfrìdus*:	15. Févr.
Valger, Confesseur à Herford en Vestphalie;	*Valdogerus*:	16. Nov.
Valiér, Diacre de Langres, Martyr;	*Valerius*:	22. Oct.
Valoy, le même que saint Guingalois;	*Vinvaloeus*:	3. Mars.
Vandelein, Abbé de Toley sur la Sare;	*Vandalenus*:	21. Oct.
Vandrille, Abbé en Normandie;	*Vandregisilus*:	22. Juill.
Vânon, Corévêque à Condé;	*Basanulfus*:	1. Oct.
Varang, honoré à Ham, Fécan, & Touars;	*Varingo, onis*:	9. Janv.
Vare, Martyr en Egypte sous Daza;	*Varus*:	19. Oct.
Varique, Martyr en Afrique;	*Váricus*:	15. Nov.
Vas, Evêque de Casal;	*Evasius*:	1. Déc.
Vâst, Evêque d'Arras;	*Vedastus*:	5. Févr.
Vaubert, troisieme Abbé de Luxeu;	*Valdebertus*:	2. May.
Vaury, Solitaire, honoré en Limousin;	*Valerîcus*:	10. Janv.
Veel, le même que saint Vital de Boulogne;	*Vitalis*:	27. Nov.
Veindre, Solitaire pres de Sarzane;	*Venerius*:	13. Sept.
Vêle, Moine en l'Isle de Ré;	*Basilius*:	12. Févr.
Venance, Evêque, Martyr en Istrie;	*Venantius*:	1. Avril.
Venans, Evêque de Viviérs;	*Venantius*:	5. Aoust.
Venant, Abbé, h. en Poitou & en Touraine;	*Venantius*:	11. Oct.
Venceslas, Duc de Boheme;	*Venceslaüs*:	28. Sept.
Vendimien, Solitaire en Bithynie;	*Vendimianus*:	1. Février.
Vénérand, Evêque de Clermont;	*Venerandus*:	25. Déc.
Vennes, Evêque de Verdun;	*Vitônus*:	9. Nov.
Vénuste, Martyr à Milan;	*Venustius*:	6. May.
Vénustien, Martyr à Spolete;	*Venustianus*:	30. Déc.
Vèr, Evêque de Vienne en Daufiné;	*Verus*:	22. Oct.
Véran, Evêque de Vence;	*Veranus*:	13. Janv.
Vergoin, Evêque de Vérone;	*Verecundus*:	10. Sept.
Vérien, Martyr en Toscane;	*Verianus*:	9. Aoust.
Vérissime, Martyr à Lisbonne;	*Verissimus*:	1. Oct.

Vérocien,

Vérocien, Martyr à Césarée en Cappadoce;	*Verocianus:*	23. Nov.
Vérule, Martyr à Adrumete en Afrique;	*Verulus:*	21. Févr.
Vétérin, honoré en Anjou & en Bourgogne;	*Veterinus:*	23. Févr.
Vette-Epagathe, Martyr à Lyon;	*Vettius Epagathus:*	2. Juin.
Vial, le même que saint Viau;	*Vitalis:*	16. Oct.
Viateur, commensal de saint Just;	*Viator, oris:*	21. Oct.
Viatre, Confesseur, honoré en Sologne;	*Viator, oris:*	29. May.
Viau, mort au Payïs de Rets, h. à Tornus;	*Vitalis:*	16. Oct.
Victeur, Evêque du Mans;	*Victor, oris:*	1. Sept.
Victor, Martyr à Marseille;	*Victor, oris:*	21. Juillet.
Victorien, Abbé en Arragon;	*Victorianus:*	12. Janv.
Victorin, honoré à Amiterne;	*Victorinus:*	5. Sept.
Victory, Martyr à Amiens:	*Victoricus:*	11. Déc.
Vidal, le même que saint Vital de Ravenne;	*Vitalis:*	28. Avril.
Vigile, Evêque d'Auxerre, Martyr;	*Vigilius:*	13. Mars.
Vignevalé, le même que saint Guingalois;	*Vinvaloëus:*	3. Mars.
Vigor, Evêque de Baïeux, patron de Marly;	*Vigor, oris:*	1. Nov.
Vilbrod, Evêque d'Utrect;	*Villibrordus:*	7. Nov.
Vilfrid, Evêque d'Yorc, premier du nom;	*Vilfridus:*	24. Avril.
Vilmèr, Abbé de Samèr en Boulenois;	*Vilmârus:*	20. Juillet
Vincent, Diacre, Martyr à Valence en Espagne;	*Vincentius:*	22. Janv.
Vindémial, Ev. de Capse en Afr. mort en Corse;	*Vindemialis:*	1. Février.
Vindicien, Evêque de Cambray;	*Vindicianus:*	11. Mars.
Vinebaud, Abbé de saint Loup à Troies;	*Vinebaldus:*	6. Avril.
Vinnox, Abbé de Vormhoud en Flandres;	*Vinnôcus:*	6. Nov.
Viotre, Martyr en Francheconté;	*Viator, oris:*	9. Août.
Viron, honoré pres de Ruremonde;	*Viro, onis:*	8. May.
Vistan, honoré autrefois en Angleterre;	*Vistannus:*	1. Juin.
Vital, Martyr à Ravenne;	*Vitalis:*	28. Avril.
Vitalien, Evêque de Capoue;	*Vitalianus:*	16. Juillet.
Vittre, Confesseur près d'Arcies sur Aube;	*Victor, oris:*	26. Févr.
Vivent, Confesseur, honoré pres de Dijon;	*Viventius:*	13. Janv.
Viventiole, Evêque de Lyon;	*Viventiolus:*	12. Juillet.
Vivien, Evêque de Saintes;	*Bibianus:*	28. Août.
Voël, Reclus à Soissons;	*Vodóalus:*	5. Févr.
Volodimèr, Duc de Moscovie;	*Bladoméres:*	15. Juillet.
Volstain, Evêque de Vorcestre;	*Vulstanus:*	19. Janvier.
Volusien, Evêque de Tours, honoré à Foix;	*Velosianus:*	18. Janvier.
Vorle, Conf. honoré à Chatillon sur Seine;	*Verulus:*	17. Juin.
Voy, ou Vozy, Evêque du Puy;	*Evodius:*	12. Nov.
Vrain, Evêque de Cavaillon;	*Veranus:*	11. Nov.
Vreland, le même que saint Ferdinand;	*Ferdinandus:*	30. May.
Vrîme, Evêque d'Avignon;	*Veredêmus:*	17. Juin.
Vulflix, Curé de Rue en Ponthieu;	*Vulflagius:*	7. Juin.
Vulfran, h. à Saint-Vandrille & à Abbeville;	*Vulfrannus:*	20. Mars.
Vulgis, Confesseur, honoré à la Ferté-Milon;	*Vulgisus:*	1. Oct.
Vvcvane, Archev. d'Yorc, mort à Pontigny;	*Vycvanius:*	26. Aoust.
Vylgaine, honoré à Lens;	*Vulganius:*	2. Nov.

U

ULbert, Laboureur en Brabant;	ODelbertus:	22. Oct.
Uldaric, Moine de Clugny;	Udalricus:	10. Juillet.
Ulface, Solitaire au Maine, honoré à Tulle;	Ulfacius:	9. Sept.
Ulric, Evêque d'Ausbourg;	Udalricus:	4. Juillet.
Urbain, Pape;	Urbanus:	25. May.
Urbice, Moine à Meun sur Loire;	Urbicius:	30. May.
Urciscene, Evêque de Pavie;	Urciscenus:	21. Juin.
Urloux, le même que saint Ouarlux;	Garloësius:	20. Nov.
Ursane, le même que saint Ursix;	Ursicinus:	20. Déc.
Ursicin, Evêque de Sens;	Ursicinus:	24. Juillet.
Ursion, Moine au Diocese de Troies;	Ursio, onis:	29. Sept.
Ursin, Evêque de Bourges;	Ursinus:	29. Déc.
Ursix, Moine de Luxeu, honoré en Suisse;	Ursicinus:	20. Déc.
Ursmèr, Abbé de Lobes;	Ursmârus:	18. Avril.
Usthazades, Martyr en Perse;	Usthazades:	4. Avril.
Ustre, le même que saint Ajudou;	Adjutor, oris:	26. Juin.

X

XAndre, le même que S. Candre;	CAndidus:	1. Déc.
Xanthe, l'un des 40 Martyrs;	Xanthus,	9. Mars.
Xaviér, Jésuite, Apôtre du Japon;	Xaverius:	2. Déc.
Xyste, Pape & Martyr, II. du nom;	Xystus:	6. Août.

Y

Y, Vicomte de Meun sur Loire;	AGilus:	30. Aoust.
Ybars, le même que saint Cybar;	Eparchius:	1. Juillet.
Yglary, h. en Rouergue, le même que St Hilaire;	Hilarius:	13. Janvier.
Ygoine, Confesseur, honoré en Auvergne;	Evonius:	....
Ylpize, Martyr, honoré à Brioude;	Elpidius:	18. Juillet.
Ymas, Confesseur, honoré à Barbezieux	Eumachius:	3. Janvier.
Ymelin, Abbé de Lagny, honoré en Brabant;	Æmilianus,	10. Mars.
Ymèr, C. h. à Susinghen & en Normandie;	Himerius:	12. Nov.
Ynigo, Abbé d'Ogne au Diocese de Burgos;	Eneco, onis:	1. Juin.
Yoize, le même que saint Yved;	Evodius:	8. Oct.
Yreaume, le même que saint Elme;	Erasmus:	3. Juin.
Yriez, Abbé à Limoges;	Aredius:	25. Aoust.
Yrmond, le même que saint Chaumond;	Enemundus:	28. Sept.
Ysery, Evêque de Mende;	Iserus:	1. Déc.
Ysis, Abbé de Celles en Berry;	Eusitius:	27. Nov.
Ythiér, Evêque de Nevers;	Icterius:	25. Juin
Yved, Evêque de Rouen, honoré à Braine;	Evodius:	8. Oct.
Yves, Curé de Lohanec en Bretagne;	Ivo, onis:	19. May.
Yvôre, Evêque en Irlande;	Ibarus:	23. Avril.

Z

ZAcarie, pere de S. Jean Baptiste;	*ZAcharias, æ:*	5. Nov.
Zachée, Evêque de Jérusalem;	*Zachæus:*	23. Août.
Zambdas, Evêque de Jérusalem;	*Zambdas, æ:*	19. Févr.
Zame, Evêque de Boulogne en Italie;	*Zamas, æ:*	24. Janv.
Zanitas, Martyr en Perse sous Sapor;	*Zanitas, æ:*	27. Mars.
Zarbel, Martyr à Edesse sous Adrien;	*Zarbêlus:*	4. Sept.
Zé, honoré à Fescau en Artois;	*Etto, onis:*	10. Juillet.
Zégèr, Martyr à Heraclée au Pont;	*Theodorus:*	7. Fevrier.
Zein, le même que saint Zenon;	*Zeno:*	12. Avril
Zélotes, Martyr en Afrique;	*Zelotes, is:*	6. Dec.
Zénas, Martyr en Orient, honoré à Liparisse;	*Zenas, æ:*	23. Juin.
Zénobe, Evêque de Florence;	*Zenobius:*	25. May.
Zénon, Evêque de Veronne;	*Zeno, onis:*	12. Avril.
Zéphyre, Martyr à Antioche;	*Zephyrus:*	21. Nov.
Zéphyrin, Pape;	*Zephyrinus:*	20. Déc.
Zet, Martyr à Alexandrie;	*Zetus:*	6. Juillet.
Zétique, Martyr en Candie;	*Zéticus:*	23. Déc.
Zétule, Martyr en Pamphilie;	*Zetulus:*	28. May.
Ziddin, Martyr en Afrique;	*Ziddinus:*	27. Juin.
Zoce, Martyr à Antioche;	*Zocius:*	15. Févr.
Zoel, Martyr en Istrie;	*Zebellus:*	24. May.
Zoïle, Prêtre à Aquilée;	*Zoïlus:*	27. Dec.
Zophore, Martyr à Césarée de Cappadoce;	*Zoophorus:*	16. Nov.
Zosime, Solitaire en Palestine;	*Zosimas: æ:*	4. Avril.
Zotique, Prêtre, mort à Constantinople;	*Zoticus:*	31. Déc.
Zotoucque, Martyr à Rome, honoré à Tivoli;	*Getulius:*	10. Juin.
Zuirad, le méme que saint Suirad;	*Zoerardus:*	16. Juill.

NOMS DE SAINTES,

POUR LES FILLES.

Si au Baptême on en donne un qui ne soit pas icy, comme Athénaïs, Uranie, & semblables, on y ajoutera un des suivans.

A

ABondance, Vierge à Spolete;	*Abundantia*:	26. Déc.
Abre, Vierge en Poitou;	*Apra*:	13. Déc.
Abs, Vierge à Coldingham en Ecosse;	*Ebba*:	25. Aoust.
Abyce, Prieure en Angleterre;	*Abycia*:	24. Aoust.
Adélaïde, Imperatrice;	*Adélaïs, idis*:	16. Déc.
Adele, Veuve à Bergame;	*Adelaïs, idis*:	27. Juin.
Adelinde, Abbêsse en Souabe;	*Adelindis, is*:	21. Août.
Adenette, premiere Abbêsse du Pré au Mans;	*Ada*:	14. Déc.
Adumade, honorée à Gaudesheim;	*Hadumâda*:	29. Nov.
Agadreme, Vierge, Patrone de Beauvais;	*Angadrisma*:	14 Oct.
Agape, Vierge à Treves;	*Agape, es*:	8. Aoust.
Agathe, Vierge & M. à Catane en Sicile;	*Agatha*:	5. Févr.
Agathoclie, Martyre en Orient;	*Agathoclia*:	17. Sept.
Agathonique, Martyre à Pergame;	*Agathónica*:	13. Avril.
Agetrue, la même que sainte Gertrude;	*Gertrudis*:	17. Mars.
Agnès, Vierge & Martyre à Rome;	*Agnes, etis*:	21. Janv.
Agrippine, Vierge, M. à Rome, h. en Sicile;	*Agrippîna*:	23. Juin.
Aguilberte, Vierge, Abbêsse de Joârre;	*Aguilberta*:	11. Aoust.
Aimmée, la même que sainte Amatalide;	*Ammata*:	5. Janvier.
Albine, V. & M. h. à P. à S. Martin des Champs;	*Albina*:	26. Sept.
Alde, V. dont le corps est à Ste. Geneviéve à P.	*Auda*:	18. Nov.
Aldegonde, V. premiere Abb. de Maubeuge;	*Aldegundis, is*:	30. Janvier.
Alix, Abbêsse de Vilich au Dioc. de Cologne;	*Aldelaïs, idis*:	5. Févr.
Alodie, V. Martyre à Huesque en Espagne;	*Alodia*:	22. Oct.
Altrude, seconde Abbêsse de Maubeuge;	*Aldetrudis, is*:	25. Févr.
Alvere, Vierge en Périgord;	*Alvenera*:	9. Mars.
Amalberge, Veuve, honorée à Maubeuge;	*Amalberga*:	10. Juillet.
Amatalide, la même que sainte Talide;	*Amatalis, idis*:	5. Janv.
Amelberge, V. à Tensche, honorée à Gand;	*Amelberga*:	12. Déc.
Ammonariom, Vierge & Martyre à Alexandrie;	*Ammonarium, ii*:	14. Oct.
Anastase, Martyre dont il y a 2. Eglises à Paris;	*Anastasia*:	25. Déc.

Anaſtaſie, la même que Ste Anaſtaſe;	*Anaſtaſia* :	25. Déc.
Anaſtaſon, Martyre en l'Iſle Leucade,	*Anaſtaſo, onis* :	18. May.
Anatolie, Vierge & Martyre dans la Sabine;	*Anatolia* :	9. Juillet.
Angadrême, la même que Ste Agadrême;	*Angadriſma* :	14. Oct.
Angele, ancienne Carmélite en Bohême;	*Angela* :	6. Juillet.
Anne, h. en qualité de mere de la Ste Vierge;	*Anna* :	28. Juillet.
Anne, Prophéteſſe à Jéruſalem;	*Anna* :	1. Sept.
Anthuſe, honorée à Conſtantinople,	*Anthuſa* :	27. Juillet.
Antonie, Martyre à Nicomédie;	*Antonia* :	4. May.
Antonine, Martyre à Nicée;	*Antonina* :	1. Mars.
Anyſe, Martyre à Theſſalonique;	*Anyſia* :	30. Déc.
Apolline, Vierge, Martyre à Aléxandrie;	*Apollonia* :	9. Févr.
Aprone, la même que ſainte Evroine;	*Apronia* :	15. Juillet.
Apthe, la même que ſainte Agathe;	*Agatha* :	5. Févr.
Aquiline, Martyre en Lycie;	*Aquilina* :	24. Juill.
Ariabé, Martyre à Nicée;	*Ariabe, es* :	13. Mars.
Ariadné, Martyre en Phrygie;	*Ariadne, es* :	18 Sept.
Arthélaïde, Vierge à Bènevent;	*Arthelaïs, idis* :	3. Mars.
Artongathe, Vierge, Religieuſe de Farmoutier;	*Eorcungoda* :	23. Févr.
Aſelle, Vierge à Rome, louée par S. Jerôme;	*Aſella* :	6. Déc.
Atale, Vierge, honorée à Straſbourg;	*Atala* :	3. Déc.
Athanaſie, Veuve, Abbêſſe en Orient;	*Athanaſia* :	14. Aouſt.
Avaugourg, la même que Ste Gauburge;	*Valburgis* :	25. Févr.
Aveline, Abbêſſe de Saint Maurice de Sens;	*Avellina* :	28. Févr.
Avoie, honorée en Bretagne & à Paris;	*Avia* :	2. May.
Avoye, Vierge, Prieure de Meere à Cologne;	*Hedvigis, is* :	14. Avril.
Avrince, honorée à Saint-Clement de Mets;	*Aprincia* :	22. Juin.
Aubierge, Vierge, 3e Abb. de Farmoutier;	*Edilburgis, is* :	7. Juillet.
Aude, la même que Ste Al[illegible]e;	*Auda* :	18. Nov.
Audrie, Vierge, Reine d'Angleterre;	*Ediltrudis, is* :	23 Juin.
Aufidie, Martyre à Milan;	*Aufidia* :	6. May.
Auge, honorée comme Martyre à Apt;	*Augia* :	13. May.
Aure, Vierge, 1re Abb. de S. Martial de Paris;	*Aurea* :	4. Oct.
Aurée, Vierge, Martyre à Oſtie;	*Aurea* :	24. Aouſt.
Aurele, Vierge à Straſbourg;	*Aurelia* :	15 Oct.
Aurélie, Martyre à Rome;	*Aurelia* :	2. Déc.
Auſſille, Vierge & Martyre, hon. en Auxois;	*Auxilia* :	4. Sept.
Auſtreberte, Vierge, Abbêſſe en Normandie;	*Auſtreberta* :	10. Févr.
Auſtregilde, mere de Saint Leu;	*Auſtregildis* :	9. Oct.
Auſtrude, Abbêſſe de ſaint Jean de Laon;	*Anſtrudis, is* :	17 Oct.
Aulaïe (& Aulaire,) V. & M. à Barcelonne;	*Eulalia* :	12. Février.
Aye, Comteſſe de Haynaut;	*Agia* :	18. Avril.

B

BAlbine, Vierge à Rome;	*BAlbina* :	31. Mars.
Barbe, Vierge, Martyre à Nicomédie;	*Barbara* :	4. Déc.

M

Basilisse, Vierge en Orient ;	*Basilissa* :	9. Janv.
Basille, Vierge & Martyre à Rome ;	*Basilla* :	22. Sept.
Basse, Vierge & Martyre en Afrique ;	*Bassa* :	10. Août.
Bathilde ou Baudour ou Bauteur, Reine de Fr.	*Bathildis* :	30. Janv.
Bazalote, honorée en Abyssinie ;	*Bazalota* :	4. Juin.
Beâte, Vierge à Sens ;	*Beata* :	29. Juin.
Beatrix, Martyre à Rome ;	*Beatrix* :	29. Juillet.
Bebée, Martyre à Edesse ;	*Bebaa* :	5. Sept.
Bée, Vierge Irlandoise ;	*Bega* :	6. Sept.
Beggue, Veuve au Payïs-bas ;	*Begga* :	17. Déc.
Bellende, Vierge, honorée en Retelois ;	*Berelendis, is* :	3. Févr.
Benilde, Martyre à Cordoue ;	*Benildis, is* :	15. Juin.
Benoîte, V. M. à Origny, Diocese de Laon ;	*Benedicta* :	8. Oct.
Bérénice, célébrée par saint Chrysostome ;	*Berenice, es* :	4. Oct.
Berte, Abbêsse d'Avenay au Diocese de Reims ;	*Berta* :	1. May.
Berthe, Veuve, honorée pres d'Hesdin ;	*Bertha* :	4. Juillet.
Bertile, Vierge, premiere Abbêsse de Chelles ;	*Bertilla* :	5. Nov.
Bertille, Vierge & Veuve, honorée en Artois ;	*Bertilia* :	3. Janvier.
Bertoare, fondatrice d'un Mon. à Bourges ;	*Bertoara* :	4. Déc.
Beuve, V. 1ere Abb. de S. Pierre de Reims ;	*Bova* :	24. Avril.
Bibienne, Vierge & Martyre à Rome ;	*Bibiana* :	2. Déc.
Bibliade, Martyre à Lyon ;	*Bibliades, is* :	2. Juin.
Bilhilde, Veuve à Maïence ;	*Bilhildis, is* :	27. Nov.
Blandine, Martyre à Lyon ;	*Blandina* :	2. Juin.
Bonne, Vierge, honorée à Trevise ;	*Bona* :	12. Sept.
Brigide, Veuve Suédoise ;	*Birgitta* :	23. Juillet.
Buriène, Vierge de Cornuaille en Angleterre ;	*Buriena* :	29. May.

C

CAlliope, Martyre en Grece ;	*CAlliope, es* :	8. Juin.
Calliste, Martyre à Syracuse ;	*Callista* :	25. Avril.
Camille, Vierge à Ecoulives en Auxerrois ;	*Camilla* :	3. Mars.
Candide, honorée à Naples ;	*Candida* :	3. Sept.
Cantianille, Martyre à Aquilée ;	*Cantianilla* :	31. May.
Carême, honorée à Alby ;	*Carissima* :	5. Sept.
Caritaine, Martyre à Rome avec S. Justin ;	*Charitana* :	12. Juin.
Carite, Martyre en Grece ;	*Charis, itis* :	28. Janv.
Caritine, Vierge & Martyre sous Dioclétien ;	*Charitina* :	5. Oct.
Carmondique, Solitaire en Egypte ;	*Carmundica* :	10. Sept.
Casarie, honorée pres d'Avignon ;	*Casaria* :	8. Déc.
Casilde, Vierge, honorée pres de Burgos ;	*Casildis, is* :	9. Avril.
Casine, Martyre à Ancyre ;	*Casina* :	7. Nov.
Catherine, honorée en Arabie ;	*Æcaterine ou Cath.*	25. Nov.
Cécile, Vierge & Martyre à Rome ;	*Cæcilia* :	22. Nov.
Cèlerine, Martyre en Afrique ;	*Celerina* :	3. Févr.
Celigne, Vierge à Meaux ;	*Celinia* :	21. Oct.

Centolle, Martyre, honorée à Burgos ;	*Centolla* :	13. Août.
Cerille, honorée en Berry ;	*Cicercula* :	
Chélidoine, Vierge, honorée pres de Sublac ;	*Chelidonia* :	13. Oct.
Christete, Martyre à Avila ;	*Christeta* :	27. Oct.
Christienne, patrone de Dendremonde ;	*Christiana* :	26. Juillet.
Christine, Vierge, honorée en Toscane ;	*Christina* :	24 Juillet.
Claire, Vierge à Assise ;	*Clara* :	12. Août.
Claude, Martyre en Paphlagonie ;	*Claudia* :	18. Mars.
Cleopatre, Religieuse en Moscovie ;	*Cleopatra* :	20. Oct.
Clossеinde, la même que Ste Glossine ;	*Chlodesindis, is* :	25. Juillet.
Clothilde, Reine de France ;	*Clothildis, is* :	3. Juin.
Colombe, Vierge & Martyre à Sens ;	*Columba* :	31. Déc.
Concesse, Martyre en Afrique ;	*Concessa* :	8. Avril.
Conchinne, sœur de S. Munnu ;	*Conchenna* :	13. Mars
Consorce, Vierge en Provence ;	*Consortia* :	22. Juin.
Constance, Vierge, honorée à Rome ;	*Constantia* :	18. Février.
Coque, Vierge en Thrace ;	*Choca* :	4. Juin.
Cornélie, Martyre en Afrique ;	*Cornelia* :	31. Mars
Craphaïlde, Martyre pres de Ninove ;	*Craphaïldis, is* :	12. Nov.
Crescence, Martyre en Lucanie ;	*Crescentia* :	15. Juin.
Crescentienne, Martyre à Rome ;	*Crescentiana* :	5. May.
Crispine, Martyre à Thébeste en Afrique ;	*Crispina* :	5. Déc.
Cunégonde, Imperatrice ;	*Chunegundis, is* :	3. Mars.
Cuthburge, Vierge, Abbêsse en Angleterre ;	*Cuthburga* :	31. Août.
Cyprille, Martyre en Libye sous Daza ;	*Cyprilla* :	5. Juillet.
Cyre, Solitaire pres de Bérée en Syrie ;	*Cyra* :	3. Août.
Cyriaque, Martyre en Orient ;	*Cyriaca* :	20 Mars.

D

DAfrose, Martyre à R. h. à Ste Bibienne ;	*DAfrosa* :	4. Janv.
Darerque, Vierge en Irlande ;	*Darerca* :	6. Juillet.
Darie, Martyre à Rome sous Numérien ;	*Daria* :	25. Oct.
Dative, Martyre en Afrique sous Hunneric ;	*Dativa* :	6. Déc.
Dauphine, Vierge & Veuve, honorée à Apt ;	*Delphina* :	26. Nov.
Deïvote, honorée à Monaco ;	*Deivota* :	27. Janv.
Démétrie, Vierge & Martyre à Rome ;	*Demetria* :	21. Juin.
Denyse, Martyre à Lampsaque ;	*Dionysia* :	15. May.
Digne, Martyre à Ausbourg ;	*Digna* :	12. Aoust.
Disciole, V. Relig. de Ste Croix de Poitiers ;	*Disciola* :	10. Mars.
Domice, Martyre en Thrace ;	*Domitia* :	28. Déc.
Dominique, V. honorée dans la Valtoline ;	*Dominica* :	13. May.
Domitille, Vierge & Martyre à Terracine ;	*Domitilla* :	7. May.
Domniate, Martyre en Calabre ;	*Domniate, es* :	14. Sept.
Domnine, V. M. à Hiérapolis, à présent Alep ;	*Domnina* :	4. Oct.
Domnique, Abbêsse en Orient ;	*Domnica* :	8. Janvier
Donate, Martyre à Carthage ;	*Donata* :	17. Juillet

Dorlaie, Vierge en Irlande, h. à Kildâre;	*Dardulaca*:	1. Février.
Dorothée, V. M. à Césarée en Cappadoce;	*Dorothea*:	6. Févr.
Dympne, Vierge & Martyre en Brabant;	*Dympna*:	30. May.

E

EDburge, Vierge, Princesse Angloise;	*EAdburgis, is*:	5. Juin.
Edilflede, hon. autrefois en Angleterre;	*Ethelfledis, is*:	12. Déc.
Edithe, Vierge, Princesse d'Angleterre;	*Eadgitha*:	16. Sept.
Eimbethe, Vierge à Strasbourg:	*Eimbetha*:	16. Sept.
Eleonor, Martyre en Irlande;	*Eleonora*:	29. Déc.
Elisabeth, Langravesse de Turinge;	*Elisabeth*, ind.	19. Nov.
Elpide, Martyre à Lyon;	*Elpes, idis*:	2. Juin.
Elflede, Abbêsse d'Hamptoncourt;	*Elfledis, is*:	29. Oct.
Emérentienne, Vierge & Martyre à Rome;	*Emerentiana*:	23. Janv.
Emérite, honorée à Saint-Marcel de Rome;	*Emérita*:	22. Sept.
Emilie, morte à Lyon en prison;	*Æmilia*:	2. Juin.
Emmélie, mere de saint Basile;	*Emmelia*:	30. May.
Enémie, Vierge en Givaudan;	*Enymia*:	6. Oct.
Engrasse, Vierge & Martyre à Saragosse;	*Encratis, idis*:	24. Aoust.
Ensvide, Vierge, Abbêsse à Douvres;	*Eansvitha*:	12. Sept.
Epicaride, honorée à Chio;	*Epicharis, idis*:	27. Sept.
Eremberte, Vierge en Boulenois;	*Eremberta*:	8. Juill.
Erentrude, Abbêsse en Baviere;	*Erentrudis, is*:	30. Juin.
Ermelinde, Vierge pres de Tillemont;	*Ermelindis, is*:	29. Oct.
Ermemburge, Abbêsse en Angleterre;	*Ermemburgis, is*:	19. Nov.
Ermenilde, Reine des Merciens;	*Ermenildis, is*:	13. Févr.
Ermine, Vierge à Treves, honorée en Poitou;	*Ermina*:	24. Déc.
Erothéïde, Martyre en Cappadoce;	*Erotheis, eidis*:	27. Oct.
Espérance, Vierge, honorée en Champagne;	*Exuperantia*:	26. Avril.
Ethelburge, Abbêsse de Berking en Angl.	*Ethelburga*:	11. Oct.
Ethelvide, Reine d'Angleterre;	*Ethelvida*:	20. Juillet.
Ethuise, la même que Thuise, h. à Montiramé;	*Theodosia*:	2. Avril.
Eve, Vierge, honorée à Dreux;	*Eva*:	6. Sept.
Evroine, Vierge en Champagne;	*Apronia*:	15. Juillet.
Eubule, mere de saint Pantaleon;	*Eubule, es*:	30. Mars.
Eudoce, Martyre en Phénicie;	*Eudocia*:	1. Mars.
Eugénie, Vierge & Martyre à Rome;	*Eugenia*:	25. Déc.
Eulalie, Vierge & Martyre à Mérida;	*Eulalia*:	10 Déc.
Eulampie, Vierge & Martyre à Nicomédie;	*Eulampia*:	10. Oct.
Eunomie, Martyre à Ausbourg;	*Eunomia*:	12 Aoust.
Euphémie, Vierge & Martyre à Calcédoine;	*Euphemia*:	16. Sept.
Euphrasie, Martyre à Ancyre;	*Euphrasia*:	18. May.
Euphrosyne, V. d'Alexandrie, h. à Réaulieu;	*Euphrosyna*:	25. Sept.
Eupure, Vierge à Gaïette;	*Eupuria*:	16. May.
Eurose, Vierge & Martyre en Arragon;	*Eurosia*:	25. Juin.
Eustadiole, Veuve, Abbêsse à Bourges;	*Eustadiola*:	8. Juin.
Eustochium, Vierge, fille de sainte Paule;	*Eustochium, ii*:	28 Sept.

Eustolie,

Eustolie, Vierge, Abbêsse à Constantinople ;	*Eustolia* :	9. Nov.
Eutropie, Veuve à Clermont ;	*Eutropia* :	15. Sept.
Exupérie, Martyre à Rome ;	*Exuperia* :	31. Oct.

F

FAbiole, louée par saint Jerôme ;	*FAbiola* :	27. Déc.
Faine, Vierge en Irlande, h. en Poitou ;	*Fánchea* :	1. Janv.
Faraïlde, Vierge, honorée à Gand ;	*Faraïldis, is* :	4. Janv.
Fare, Vierge, 1ere Abbêsse de Farmoutier ;	*Fara* :	7. Déc.
Fauste, Martyre en Armagnac ;	*Fausta* :	4. Janv.
Fébronie, Vierge & Martyre, honorée à Trane ;	*Febronia* :	25. Juin.
Félicienne, Martyre en Lucanie ;	*Feliciana* :	29. Oct.
Féliciffime, Martyre en Afrique ;	*Felicissima* :	5. May.
Félicité, Martyre à Carthage ;	*Felicitas, atis* :	7. Mars.
Félicule, Martyre pres de Rome ;	*Felicula* :	14. Févr.
Fine, Vierge à Saint-Géminien en Toscane ;	*Fina* :	12 Mars.
Firmine, Vierge & Martyre pres de Spolete ;	*Firmina* :	24. Nov.
Flamine, honorée en Auvergne ;	*Flaminia* :	2. May.
Flavie, Vierge à Auxerre ;	*Flavia* :	5. Oct.
Flôbarde, Vierge à Amilly en Brie ;	*Frodoberta* :	2. Avril.
Flore, Religieuse, honorée en Quercy ;	*Flora* :	11. Juin.
Florence, Vierge à Comblé en Poitou ;	*Florentia* :	1. Déc.
Florine, Vierge & Martyre, honorée à Brioude ;	*Florina* :	1. May.
Fortunée, honorée pres de Paderborne ;	*Fortunata* :	14. Oct.
Frameuze, honorée à Môntreuil ;	*Framechildis, is* :	17. May.
Françoise, Veuve Romaine ;	*Francisca* :	9. Mars.
Franque, Vierge, Abbêsse à Plaisance ;	*Franca* :	25. Avril.
Freviffe, Vierge, honorée à Saint-Vandrille ;	*Fridesvitha* :	19. Oct.
Fructueuse, Martyre à Antioche ;	*Fructuosa* :	23. Aoust.
Fusque, Vierge & Martyre, h. pres de Venise ;	*Fusca* :	13. Févr.

G

GAïenne, Martyre en Arm. sous Tiridate ;	*GAiana* :	27. Sept.
Galle, Veuve Romaine ;	*Galla* :	6. Avril.
Gavine, Martyre à Milan ;	*Gavina* :	6. May.
Gauburge, Vierge, Abbêsse, h. au Perche ;	*Valburgis* :	25. Févr.
Gaudence, Vierge & Martyre à Rome ;	*Gaudentia* :	30. Aoust.
Gémme, Vierge, Recluse pres de Sulmone ;	*Gemma* :	13. May.
Généreuse, Martyre à Carthage ;	*Generosa* :	17. Juillet.
Genêse, Vierge & Martyre, h. en Piémont ;	*Genesia* :	8. Juin.
Gènevieve, Vierge, patrone de Paris ;	*Genovefa* :	3. Janvier.
Gerburge, Vierge, Abb. de Gaudeseim en Saxe ;	*Gerburgis* :	24. Juillet.
Germaine, Martyre en Afrique ;	*Germana* :	19. Janvier.
Gertrude, Vierge, 1ere Abb. de Nivelle ;	*Gertrudis, is* :	17. Mars.
Glaphyre, Vierge au Pont ;	*Glaphyra* :	13. Janvier.

Glossinde, Vierge, Abbêsse honorée à Mets;	*Chlodesindis, is:*	25. Juillet.
Glycere, Martyre à Trajanopoli;	*Glyceria:*	13. May.
Gobnate, V. Abbêsse de Bornic en Irlande;	*Gobnata:*	10. Févr.
Godeberte, Vierge, patrone de Noyon;	*Godeberta:*	11. Avril.
Godine, honorée en Portugal;	*Godina,*	1. Oct.
Godoleine, (ou Godelieve) h. pres de Bruges;	*Godoleva:*	6. Juillet.
Golinduche, femme mariée en Perse;	*Golinduch, uchis:*	11. Juillet.
Gondeine, Vierge & Martyre à Carthage;	*Guddenes, is:*	27. Juin.
Gonthilde, Abbêsse en Turinge;	*Gunthildes, is:*	8. Déc.
Gorgonie, sœur de S. Gregoire de Nazianze;	*Gorgonia:*	9. Déc.
Goule, Vierge, patrone de Brusselles;	*Gudila:*	8. Janvier.
Grate, Martyre à Lyon;	*Grata:*	2. Juin.
Gudule, la même que Ste Goule;	*Gudila:*	8. Janvier.
Guinfroie, Vierge & Martyre en Angleterre,	*Venefrida:*	3. Nov.
Guivrée, la même que Ste Viberate;	*Viborada:*	2. May.

H

HAlloie, Vierge à Kitzing en Franconie;	*HAdelaugis, idis:*	2. Février.
Haseque, Vierge, Recluse en Vestphalie;	*Haseca:*	26. Janv.
Héleine, mere de Constantin,	*Helena:*	18. Août.
Heltrue, Vierge à Liessies en Haynaut;	*Hideltrudis, is:*	27. Sept.
Hénédine, Martyre en Sardeigne;	*Henedina:*	14. May.
Hérene, Martyre en Afrique;	*Herena:*	25. Févr.
Hérénie, Martyre en Afrique;	*Herenia:*	8. Mars.
Herlinde, Vierge, Abbêsse, hon. à Maseic;	*Harelindis, is:*	12. Oct.
Hermione, Martyre à Ephese;	*Hermione, es:*	4. Sept.
Hérondine, Vierge à Rome;	*Herundo, inis:*	23. Juillet.
Hilarie, Martyre à Ausbourg;	*Hilaria:*	12. Aoust.
Hilde, Vierge, Abb. de Strenescale en Angl.	*Hilda:*	17. Nov.
Hildeburge, Veuve, Recluse à Pontoise;	*Hildeburgis:*	16. Juillet.
Hildegonde, Vierge, de l'Ordre de Citeaux;	*Hildegundis:*	20. Avril.
Hildelite, Abbêsse pres de Londres;	*Hildelita:*	24. Mars.
Hildemarque, premiere Abbêsse de Fécan;	*Childomerga:*	25. Oct.
Homberge, honorée à Saint-Miel;	*Humberga:*	29. Juin.
Honorate, Vierge à Pavie;	*Honorata:*	11. Janvier.
Honorine, V. & Martyre, h. au D. de Paris;	*Honorina:*	27. Févr.
Humilienne, Veuve, honorée à Florence;	*Humiliana:*	19. May.
Humilité, Veuve, de l'O. de Valombreuse;	*Humilitas, atis:*	22. May.
Hunégonde, Vierge, honorée en Vermandois;	*Hunegundis:*	25. Aoust.
Houe (ou Hoïlde), V. hon. pres de Barleduc;	*Hoïldis, is:*	30. Avril.

J

JAnviere, Martyre à Port pres d'Ostie;	*JAnuaria:*	2. Mars.
Jeanne, mentionnée en l'Evangile;	*Joanna:*	24. May.
Joconde, Martyre à Nicomédie;	*Jucunda:*	27. Juillet.
Jotte, Veuve en Prusse;	*Juditta:*	5. May.

Judith, Martyre à Milan;	*Judith*, ind.	6. May.
Jule, Vierge & Martyre à Troies, h. à Joârre;	*Julia*:	21. Juillet.
Julie, Vierge & Martyre en Corse, h. à Bresse;	*Julia*:	22. May.
Julienne, Vierge & Martyre, h. à Cumes;	*Juliana*:	16. Févr.
Julitte, mere de S. Cyr, Martyre à Tarse;	*Julitta*:	16. Juin.
Juste, Martyre en Abruzze;	*Justa*:	30. Juillet.
Justine, Vierge & Martyre à Padoue;	*Justina*:	7. Oct.

I

IDe, mere de Godefroy de Bouillon;	*IDa*:	13. Avril.
Ie, Martyre en Perse sous Sapor;	*Ia*:	4. Août.
Illuminée, Vierge à Todi;	*Illuminata*:	29. Nov.
Impere, honorée pres de Charroux;	*Imperia*:	6. Sept.
Iphigénie, Vierge en Ethiopie;	*Iphigenia*:	21. Sept.
Iraïde, Vierge, Martyre à Antioche en Egypte;	*Irais, idis*:	22. Sept.
Irene, V. & M. pour la chasteté en Portugal;	*Irene, es*:	20. Oct.
Isabelle, V. morte à Lonchamp pres de Paris;	*Isabella*:	22. Févr.
Isidore, Martyre à Lentini en Sicile;	*Isidora*:	17. Avril.

K

KEintegerne, Veuve en Ecosse;	*KEntigerna*:	7. Janv.
Kennoque, Vierge à Aberdone en Ecosse;	*Kennôca*:	14. Mars.
Kinnie, Vierge en Irlande;	*Kinnia*:	1. Févr.
Kyneburge, Vierge, tante de sainte Mildrede;	*Kyneburgis, is*:	6. Mars.
Kynesvide, Vierge au C. de Northampton;	*Kynesvitha*:	31. Janvier.
Kyngue, Reine de Hongrie;	*Kunigunda*:	24. Juillet.

L

LAndrade, Vierge, Abb. de Monstrebilse;	*LAndradis, is*:	8. Juillet.
Laurence, exilée pour la Foy, h. à Ancone;	*Laurentia*:	1. Oct.
Laurienne, Vierge & Martyre, h. à Corbie;	*Lauriana*:	24. May.
Lée, Veuve Romaine;	*Lea*:	22 Mars.
Leocade, Vierge à Tolede;	*Leocadia*:	9. Déc.
Leonce, Martyre en Afrique sous Hunneric;	*Leontia*:	6. Dec.
Leonille, Martyre, honorée pres de Langres;	*Leonilla*:	17. Janvier.
Lévinne, Vierge, honorée à Saint-Vinnox;	*Levinna*:	21. Juillet.
Leutgarde, V. Abbêsse, de l'O. de Citeaux;	*Leutgardis, is*:	16. Juin.
Libiere, Vierge & Martyre, h. au D. de Meaux;	*Leobaria*:	11. Oct.
Libre, Vierge, honorée à Vérone;	*Libera*:	21. Avril.
Libye, Martyre à Palmyre en Syrie;	*Libya*:	15. Juin.
Liciere, Vierge à Sens;	*Liceria*:	6. Janv.
Lilieuse, Martyre à Cordoue, honorée à Paris;	*Liliosa*:	27. Juillet.
Lindrue, V. Religieuse au Diocese de Châlons;	*Lutrudis*:	22. Sept.
Liobé, Abbêsse au Diocese de Maïence;	*Leobgytha*:	28. Sept.
Lioubete, honorée à Sainte-Croix de Poitiers;	*Lubetia*:	7. Févr.

Livete, honorée en Limousin;	*Liveta:*	25. Sept.
Livrade, Vierge, honorée à Pavie;	*Liberata:*	16. Janv.
Loueve, honorée à S. Frambourd de Senlis;	*Laudoveva:*	29. Oct.
Louise, Veuve Romaine;	*Ludovica:*	31. Janv.
Luce, Vierge & Martyre à Syracuse;	*Lucia:*	13. Déc.
Lucée, Martyre en Italie;	*Luceia:*	24. Juin.
Lucence, Vierge, honorée à Provins;	*Lucentia:*	18. May.
Lucie, Martyre à Rome sous Dioclétien;	*Lucia:*	16. Sept.
Lucille, Martyre en Afrique;	*Lucilla:*	16. Février.
Lucine, honorée à Rome;	*Lucina:*	30. Juin.
Lucrece, Vierge & Martyre à Mérida;	*Lucretia:*	23. Nov.
Lumineuse, honorée à St Epiphane de Pavie;	*Luminosa:*	9. May.
Luthmille, Veuve, Duchesse de Bohême;	*Lodomilla:*	16. Sept.
Lydie, femme mariée, Martyre en Illyrie;	*Lydia:*	27. Mars.

M

MAcarie, Martyre en Afrique;	*MAcaria:*	8. Avril.
Macre, Vierge & Martyre à Fimes;	*Macra:*	2. Mars.
Macrine, sœur de saint Basile;	*Macrina:*	19. Juillet.
Madeleine, 1ere Disc. de N. S. morte à Ephese;	*Magdalena:*	22. Juillet.
Magne, Martyre en Afrique;	*Magna:*	3. Déc.
Magnence, Vierge en Morvan, hon. à Lagny;	*Magnentia:*	26. Nov.
Mahaut, la même que la B. Mathilde;	*Mathildis:*	14. Mars.
Majeur, honorée en Afrique;	*Major, oris:*	12. Févr.
Mamelthe, Martyre en Perse;	*Mamelchthe, es:*	5. Oct.
Manatho, Vierge & Martyre en Palestine;	*Ennathas, a:*	12. Nov.
Manne, Vierge, honorée à Poussé en Vôge;	*Manna:*	3. Oct.
Mannée, Martyre à Tomes au Pont;	*Mannea:*	27. Aoust.
Marane, Solitaire à Bérée en Syrie;	*Marana:*	3. Aoust.
Marce, Martyre à Césarée en Palestine;	*Marcia:*	5. Juin.
Marcelle, Veuve Romaine;	*Marcella:*	31. Janv.
Marcelline, Vierge, sœur de saint Ambroise;	*Marcellina:*	17. Juillet.
Marcie, Martyre en Italie sous Dioclétien;	*Marcia:*	2. Juillet.
Marcienne, Vierge & Martyre en Mauritanie;	*Marciana:*	9. Janv.
Marême, Vierge en Soissonnois;	*Mederasma:*	22. Nov.
Marguerite, Vierge & Martyre en Orient;	*Margareta:*	20. Juill.
Marianne, Vierge en Orient;	*Mariamne, es:*	17. Févr.
Marie, la tres-Sainte Vierge mere de Dieu;	*Maria:*	15. Aoust.
Marie Cléophé, mere de S. Jacques le Mineur;	*Maria Cleophæ:*	9. Avril.
Marie de Béthanie, sœur de Lazare;	*M. Bethanitis, idis:*	19. Janv.
Marine, Vierge en Orient;	*Marina:*	18. Juin.
Marmene, honorée à Rome;	*Marmenia:*	29. May.
Martane, Martyre à Rome;	*Martana:*	2. Déc.
Marthe, hôtesse de Notre-Seigneur;	*Martha:*	17. Oct.
Mâthie, Vierge, patrone de Troies;	*Mastidia:*	7. May.
Mathilde, Impératrice;	*Mathildis:*	14. Mars.

Matrone,

Matutine, Martyre en Afrique;	*Matutina*:	27. Mars.
Mauberte, Vierge, 3eme Abb. de Maubeuge;	*Madelberta*:	7. Sept.
Maure, honorée à Troies;	*Maura*:	21. Sept.
Maxelende, Vierge & M. pres de Cambray;	*Maxellendis, is*:	13. Nov.
Maxence, mere de saint Vigile;	*Maxentia*:	30. Avril.
Maxime, Martyre à Tuburbe;	*Maxima*:	30. Juillet
Mechtilde, Recluse à Spanhem;	*Mechtildis, is*:	26. Févr.
Mechtonde, honorée en Allemagne;	*Mechtundis, is*:	3. Juillet.
Medule, Martyre en Grece;	*Medula*:	25. Janv.
Melanie, épouse de S. Pinien;	*Melania*:	31. Déc.
Mélitine, Martyre sous Antonin;	*Melitina*:	16. Sept.
Même, Vierge & M. hon. pres de Dourdan;	*Maxima*:	7. May.
Ménodore, Vierge & Martyre en Bithynie;	*Menodôra*:	10. Sept.
Mercurie, V. & M. à Alexandrie sous Dece;	*Mercuria*:	12. Déc.
Merence, la même que Ste Emérentienne;	*Emerentiana*:	23. Janvier.
Messaline, honorée à Foligny;	*Messalina*:	23. Janv.
Messence, Vierge & Martyre en Bauvoisis;	*Maxentia*:	20. Nov.
Métrodore, V. & M. hon. à Constantinople;	*Metrodora*:	10. Sept.
Meure, Martyre à Gaze;	*Meuris, is*:	19. Déc.
Michelle, Veuve, patrone de Pisaure;	*Michaelina*:	19. Juin.
Milburge, Vierge, Princesse d'Angleterre;	*Milburgis*:	23. Févr.
Mildrede, Vierge, Abb. honorée à Chelles;	*Mildradis, is*:	13. Juillet.
Mindine, Martyre à Tody;	*Menedina*:	26. May.
Modeste, Vierge à Treves;	*Modesta*:	4. Nov.
Modette, Veuve pres de Fènelon;	*Mundana*:	31. May.
Monégonde, hon. à Tours & à Chimay;	*Monegundis*:	2. Juillet.
Monique, mere de St Augustin;	*Monnica*:	4. May.
Montaine, Abb. de Ferrieres en Gatinois;	*Montana*:	1. Oct.
Muse, Veuve, louée par S. Grégoire;	*Musa*:	2. Avril.
Musque, femme mariée, M. à Alexandrie;	*Musca*:	17. Juin.
Muste, Vierge honorée à Pésaro;	*Mustia*:	4. Juillet.
Mustiole, Martyre en Toscanne;	*Mustiola*:	3. Juillet.
Myrope, Martyre en l'Isle de Chio;	*Myrops, opis*:	13. Juillet.

N

NAtalie, femme de St Adrien;	*NAtalia*:	1. Déc.
Nataline, honorée à Blêle en Auvergne;	*Natalena*:	5. Nov.
Neomaie, Vierge, bergere en Poitou;	*Neomadia*:	13. Janv.
Neomise, Vierge à Anagny;	*Neomisia*:	25. Sept.
Neophyte, Martyre à Lentini en Sicile;	*Neophyta*:	17. Avril.
Nicarete, louée par saint Chrysostome;	*Nicarete, es*:	27. Déc.
Nicete, Martyre en Lycie;	*Nicete, es*:	24. Juillet.
Ninge, Martyre à Ausbourg;	*Nimmia*:	12. Août.
Noële, M. h. à Paris à Saint-Germain des Prez;	*Natalia*:	27. Juillet.
Noffette, honorée pres de Mamers;	*Aunofledis, is*:	1. Déc.
Noïtburge, Vierge à Cologne;	*Noitburgis*:	31. Oct.

O

Nominande, Martyre pres de Rome;	*Nominanda:*	31. Déc.
Nonne, mere de saint Gregoire de Naz.	*Nonna:*	5. Aoust.
Notburge, Veuve, au Diocese de Constance;	*Notburga:*	26. Janv.
Nunilon, Vierge & M. à Huesque en Esp.	*Nunilo, onis:*	22. Oct.
Nymphe, honorée à saint Augustin de Rome;	*Nympha:*	10. Nov.
Nymphodore, Martyre à Nicée;	*Nymphodôra:*	13. Mars.

O

OBdule, Vierge, honorée à Tolede;	*OBdulia:*	5. Sept.
Odde, Veuve, Duchesse d'Aquitaine;	*Odda:*	23. Oct.
Ode, Vierge au Reux en Haynaut;	*Oda:*	27. Nov.
Odille, Vierge à Strasbourg;	*Othilia:*	13. Déc.
Odrade, Vierge pres de Bolduc;	*Odrada:*	3. Nov.
Olaie, Vierge & Martyre à Barcelone;	*Eulalia:*	12. Févr.
Olive, Vierge, h. à Chaumont en Retelois;	*Oliva:*	3. Févr.
Olle, Vierge, honorée pres de Cambray;	*Olla:*	9. Oct.
Olympiade, Veuve à Constantinople;	*Olympias, adis:*	25. Juill.
Opportune, Vierge, Abb. au Dioc. de Scès;	*Opportuna:*	22. Avril.
Osithe, Vierge & Martyre en Angleterre;	*Osgitha:*	7. Oct.
Osmanne, V. hon. à Saint-Denys en France;	*Osmanna:*	9. Sept.
Otte, Veuve à Chelme en Prusse;	*Juditta:*	5. May.
Ouine, Vierge, h. à Saint-Victeur du Mans;	*Eugenia:*	7. Juin.

P

PAlatiate, honorée à Ancone;	*PAlatias, atis:*	8. Juill.
Pallaie, Vierge à Auxerre;	*Palladia:*	8. Oct.
Panacée, Vierge & Martyre pres de Novare;	*Panacæa:*	1. May.
Panduine, Vierge à Cambrige;	*Panduina:*	26. Août.
Pansemne, penitente à Antioche;	*Pansemna:*	10. Juin.
Pantagape, Martyre en Orient;	*Pantagape, es:*	2. Sept.
Pascâse, honorée à Saint-Benigne de Dijon;	*Paschasia:*	9. Janv.
Patralie, Vierge & Martyre, h. à S. Guilein;	*Patralia:*	17. Nov.
Patricie, Martyre à Nicomédie;	*Patritia:*	13. Mars.
Paule, Veuve Romaine, honorée à Sens;	*Paula:*	26. Janv.
Pauline, Martyre pres de Rome;	*Paulina:*	31. Déc.
Pechinne, honorée à Niort, & à S. Quentin;	*Perseveranda:*	24. Juin.
Pée, Vierge Angloise, morte à Rome;	*Pega:*	9. Janv.
Pélagie, penitente à Jérusalem, h. à Joâtre;	*Pelagia:*	8. Oct.
Perpétue, Martyre à Carthage;	*Perpetua:*	7. Mars.
Perrine *ou* Petronille, V. honorée à Rome;	*Petronilla:*	31. May.
Piale, Martyre à Ploudiry en Bretagne;	*Piala:*	14. Déc.
Piamun, Vierge en Egypte;	*Piamun*, ind.	3. Mars.
Pienche, Martyre en Vexin;	*Pientia:*	11. Oct.
Placidie, Vierge à Vérone;	*Placidia:*	11. Oct.
Pollene, Vierge en Vermandois;	*Pollêna:*	8. Oct.

Polyxène, honorée en Espagne;	*Polyxena:*	23. Sept.
Pome, Vierge, honorée à Châlons;	*Poma:*	27. Juin.
Pompée, Martyre à Lyon;	*Pompéia:*	2. Juin.
Pompose, Vierge & Martyre à Cordoue;	*Pomposa:*	19 Sept.
Ponce, Vierge en Auvergne;	*Pontia:*	20. May.
Porcaire, Vierge & Martyre, honorée à Sens;	*Porcaria:*	8. Oct.
Potamie, Martyre à Lyon;	*Potamia:*	2. Juin.
Potamiene, Vierge & Martyre à Alexandrie;	*Potamiœna:*	28. Juin.
Potentienne, Vierge à Rome;	*Pudentiana:*	19. May.
Praxede, Vierge à Rome;	*Praxedes, is:*	21. Juill.
Prépédigne, Martyre à Ostie;	*Prepedigna:*	18. Févr.
Preuve, Vierge, honorée pres de Guise;	*Proba:*	5. Sept.
Primice, Martyre pres d'Aquapendente;	*Primitia:*	23. Juill.
Primitive, Martyre à Port pres d'Ostie;	*Primitiva:*	24. Févr.
Priscille, mentionnée aux Actes;	*Priscilla:*	8. Juill.
Prisque, Martyre à Rome;	*Prisca:*	18. Janv.
Protaise, Vierge & Martyre à Senlis;	*Protasia:*	20. May.
Publie, Abbêsse à Antioche;	*Publia:*	9. Oct.
Pulquérie, Vierge, Imperatrice;	*Pulcheria:*	18. Févr.
Pusinne, Vierge Champenoise;	*Pusinna:*	23. Avril.

Q

Quartille, Martyre à Sorrente;	*Quartilla:*	19. Mars.
Quartillosie, Martyre en Afrique;	*Quartillosia:*	24. Févr.
Quiete, femme mariée à Dijon;	*Quieta:*	28. Nov.
Quinte, Martyre à Alexandrie;	*Quinta:*	8. Févr.
Quintille, Martyre au Royaume de Naples;	*Quintilla:*	19. Mars.
Quirille, h. à Rome à S. Martin des Monts;	*Quirilla:*	25. May.
Quitere, Vierge & M. à Aire en Gascogne;	*Quiteria:*	22. May.

R

Radégonde, Reine de France;	*Radegundis, is:*	13. Aoust.
Rastragenne, V. & Martyre, h. à Coincy;	*Rastragena:*	12. May.
Refroie, Abbêsse de Denein;	*Raginfredes, is:*	8. Oct.
Regiole, Martyre à Abitine en Numidie;	*Regiola:*	30. Aoust.
Reine, Vierge & Martyre à Alise;	*Regina:*	7. Sept.
Reinelde, Vierge & Martyre au D. de Cleves;	*Rageneldis, is:*	16. Juill.
Reinofle, Vierge à Incourt en Brabant;	*Ragenulfa:*	14. Juill.
Renelle, Vierge, Abbêsse pres de Maseic;	*Relindis, is:*	6. Févr.
Reparate, Vierge & Martyre en Palestine;	*Reparata:*	8. Oct.
Restitue, V. & M. à Sore, h. à Arcy en Tartenois;	*Restituta:*	27. May.
Restitute, Vierge & Martyre, h. à Naples;	*Restituta:*	17. May.
Rhaïde, Catecumene, Martyre à Alexandrie;	*Rhais, idis:*	28. Juin.
Richarde, Reine de France, h. en Holsace;	*Richgardis, is:*	18. Sept.
Rictrude, Veuve, Abbêsse de Marchiennes;	*Rictrudis, is:*	12. May.

Ripſime, Vierge & Martyre ſous Tiridates;	*Ripſimis, is:*	26. Sept.
Rodrue, Vierge, h. en l'Abbayïe de S. Bertin;	*Ortrudis, is:*	21. Juin.
Rogate, Martyre à Lyon;	*Rogata:*	2. Juin.
Romaine, Vierge & Martyre, h. à Beauvais;	*Romana:*	3. Oct.
Romule, célébrée par ſaint Gérgoire;	*Romula:*	24. Juin.
Roſalie, Vierge, Recluſe pres de Palerme;	*Roſalia:*	4. Sept.
Roſe, Vierge à Viterbe;	*Roſa:*	8. Mars.
Roſſeline, Chartreuſe au Dioceſe de Fréjus;	*Roſſolina:*	11. Juin.
Roſule, Martyre en Valachie;	*Roſula:*	15. May.
Rufine, Vierge & Martyre à Rome;	*Rufina:*	10. Juill.
Ruſticule, Abbêſſe de Saint-Céſaire d'Arles;	*Ruſticula:*	11. Aouſt.
Ruſtique, V. & M. pres de Rome;	*Ruſtica:*	31. Déc.

S

SAbigothon, la même que Ste Noëlle;	*SAbigotho, onis:*	27. Juill.
Sabine, Martyre à Rome;	*Sabina:*	29. Aouſt.
Salaberge, Veuve, fondatrice de S. J. de Laon;	*Sadalaberga:*	22. Sept.
Salomé, mere de S. Jacques & de S. Jean;	*Salome, es:*	21. Oct.
Salomée, Ducheſſe de Sendomir;	*Salomaea:*	27. Nov.
Sara, Vierge au déſert de Scété;	*Sara:*	13. Juill.
Saturnine, Vierge & Martyre, hon. à Santen;	*Saturnina:*	4. Juin.
Savine, Vierge à Troies en Champagne;	*Sabina:*	29. Janv.
Saule, la même apparemment que Ste Urſule;	*Saula:*	20. Oct.
Scolaſtique, ſœur de ſaint Benoiſt;	*Scholaſtica:*	10. Févr.
Sebaſtienne, Martyre en Thrace;	*Sebaſtiana:*	16. Sept.
Sédophe, Martyre en Scythie;	*Sedopha:*	5 Juill.
Segonde, Martyre à Carthage;	*Secunda:*	17. Juill.
Segondille, Martyre à Port;	*Secundilla;*	28. Févr.
Segondine, Vierge & Martyre à Anagny;	*Secundina:*	15. Janv.
Segondole, Martyre à Rome;	*Secundula:*	2. Mars.
Segrauz, Religieuſe de Soiſſons, h. en Auxois;	*Sigrada:*	4. Aouſt.
Senorine, Vierge, Abbêſſe en Portugal;	*Senorina;*	21. Avril.
Septimie, Martyre en Afrique;	*Septimia:*	30. Juill.
Sérapie, Martyre à Rome;	*Serapia:*	29. Juill.
Seraute, Vierge, honorée pres S. Calès;	*Sicildis, is:*	22. Juin.
Sereine, Martyre à Tarſe;	*Serena:*	3. Juill.
Seronne, Vierge, honorée au Perche;	*Seronna:*	15. Nov.
Sérotine, Martyre pres de Rome;	*Serotina:*	31. Déc.
Sévere, Vierge à Treves, ſœur de S. Modoalt;	*Severa:*	20. Juill.
Sexburge, Veuve, ſœur de ſainte Aubierge;	*Sexburgis, is:*	7. Sept.
Sicaire, Vierge à Orleans;	*Sicaria:*	2. Févr.
Sigouleine, Veuve, honorée à Alby;	*Segulena:*	25. Juill.
Sigrade, la même que ſainte Segrauz;	*Sigrada:*	4. Aouſt.
S[illegible]e, Vierge en Perſe, Martyre ſous Coſroès;	*Sira:*	28. Févr.
Siſſetrude, Célleriere de Farmoutier;	*Siſintrudis, is:*	7. May.
Solange, Vierge & Martyre, h. en Berry;	*Solongia:*	10. May.

Soline,

Soline, Vierge & Martyre, hon. à Chartres;	*Solina:*	17. Oct.
Sommine, V. Irlandoise, Mart. en Norvege;	*Summina:*	8. Juill.
Sopatre, Vierge, fille de l'Empereur Maurice;	*Sopatra:*	9. Nov.
Sophie, M. à Tamasse pres de Famagouste;	*Sophia:*	17. Sept.
Sophronie, honorée à Tarente;	*Sophronia:*	....
Sotere, Vierge & M. parente de St Ambroise;	*Soteres, eridis:*	10 Févr.
Sothée, Vierge, honorée à Autun;	*Sothea:*	1. Avril.
Spécieuse, Vierge à Pavie;	*Speciosa:*	18. Juin.
Spérande, V. hon. en la Marche d'Ancone;	*Sperandia:*	11. Sept.
Stéphanide, Martyre à Damas;	*Stephanis, idis:*	19. Juillet.
Stille, Vierge à Aichstat en Franconie;	*Stilla:*	11. Nov.
Sunivergue, Vierge, honorée à Bobio;	*Suniverga:*	......
Supporine, honorée en Auvergne;	*Supporina:*	24. Aoust.
Sure, la même que Ste Sotere;	*Soteres:*	10 Févr.
Susanne, Vierge & Martyre à Rome;	*Susanna:*	11. Aoust.
Sylvie, mere de saint Gregoire;	*Sylvia:*	3. Nov.
Symphorose, Martyre à Tivoli;	*Symphorosa:*	18. Juillet.
Synclétique, Abbêsse en Egypte;	*Syncletica:*	5. Janv.
Syntyque, mentionnée par saint Paul;	*Synthex, ychis:*	22. Juill.
Syre, honorée au Diocese de Troies;	*Syria:*	8. Juin.

T

TA'ide, Abbêsse à Antinoé en Thebaïde;	*TAlida:*	5. Janv.
Tanche, V. M. à Luître en Champagne;	*Tanca, ance:*	10. Oct.
Tarbule, V. & M. en Perse sous Sapor;	*Tarbua:*	7. Avril.
Tarsice, Vierge, Solitaire en Rouergue;	*Tarsitia:*	15. Janv.
Taté, petite fille de Ghérébert Roy de Paris;	*Tate, es:*	8. Sept.
Tatienne, Martyre en Italie,	*Tatiana:*	12. Janv.
Tatte, Martyre à Damas;	*Tatta:*	25. Sept.
Taurette, Vierge pres d'Issoudun;	*Tauritia:*	1. May.
Teemede, Martyre en Ethiopie;	*Teemedis, is:*	2. Juin.
Ténestine, honorée à S. Benoist sur Loire;	*Tenestina:*	26. Aoust.
Tertulle, Vierge & Martyre à Cirthe;	*Tertulla:*	29. Avril.
Tette, Abbêsse en Angleterre;	*Tetta:*	17. Déc.
Teutele, Martyre à Bettone pres d'Assise;	*Teutela:*	12. May.
Thaïs, pénitente en Egypte;	*Thaïs, isis:*	8. Oct.
Tharsille, tante de saint Gregoire;	*Tharsilla:*	24. Dec.
Thecle, Vierge, 1ere Martyre;	*Thecla:*	23. Sept.
Thécuse, Vierge & Martyre à Ancyre:	*Thecûsa:*	18. May.
Thelchide, Vierge, 1ere Abbêsse de Joârre;	*Theodolecheldis, is:*	10. Oct.
Thenne, honorée à Dalgarnoth en Ecosse;	*Thenna:*	18. Juillet.
Theoctiste, Vierge en l'Isle de Paros;	*Theoctistes, is:*	10. Nov.
Theodéchilde, Reine des Varnes, h. à Sens;	*Theutechildes, is:*	28. Juin.
Theodestie, Martyre en Afrique;	*Theodestia:*	24. Avril.
Theodôre, pénitente à Alexandrie;	*Theodôra:*	11. Sept.
Theodôse, Martyre en Paphlagonie;	*Theodosia:*	20. Mars.

P

Theodosie, Martyre, mere de saint Procope;	*Theodosia:*	29. May
Theodote, Martyre sous les Iconoclastes;	*Theodota:*	17. May
Theole, Martyre à Nicomédie;	*Theola:*	25. Mars.
Theonille, Veuve à Eges en Cilice;	*Theonilla:*	23 Aoust.
Theophano, Imperatrice;	*Theophano, us:*	26. Déc.
Theophile, Vierge & Martyre à Nicomédie;	*Theophila:*	16. Déc.
Thèrese, V. Instit. des Carmes Déchaussez;	*Theresia:*	15. Oct.
Thergite, Vierge, Disciple de Ste Aubierge;	*Theorithgides, is:*	24. Déc.
Thessalonicé, M. à Amboly en Macedoine;	*Thessalonice, es:*	7. Nov.
Theutere, Vierge, honorée à Vérone;	*Theoteria:*	5. May.
Thiételt, Vierge en Vestphalie;	*Theatildis, is:*	30. Janv.
Thomaïde, Martyre à Alexandrie;	*Thomaïs:*	14. Avril.
Thuïse, Vierge & Martyre, h. à Montirendé;	*Theodosia:*	2. Avril.
Tilbe, Vierge au Comté de Northampton;	*Tibba:*	13. Déc.
Toscaine, Veuve, Religieuse à Vérone;	*Tuscana:*	14. Juillet.
Triduaine, V. marquée au Brév. d'Aberdone;	*Triduana:*	8. Octr
Triêse, Vierge en Poitou, honorée à Rodès;	*Trojecia:*	8. Juin.
Triphine, Martyre en Sicile;	*Triphina:*	5. Juillet.
Trophimene, Martyre à Patti en Sicile;	*Trophimes, enis:*	5. Nov.
Tulle, Vierge, honorée à Manosque;	*Tullia:*	5. Oct.
Tusque, Vierge à Vérone;	*Tusca:*	10. Juillet.

V

VAlburge, la même que sainte Gauburge;	*VAlburgis, is:*	25. Févr.
Valentine, Martyre en Palestine;	*Valentina:*	25. Juill.
Valere, Vierge & Martyre en Limousin;	*Valeria:*	10. Déc.
Vauburge, la même que Ste Gauburge;	*Valburgis:*	25. Févr.
Vaudrée, Superieure de S. Pierre de Mets;	*Valdrada:*	5. May.
Vaudru, Veuve, patrone de Mons;	*Valdetrudis, is:*	9. Avril.
Vée, la même que sainte Bée;	*Bega:*	6. Sept.
Vénéfride, la même que sainte Guinfroie;	*Venefrida:*	3. Nov.
Vénérande, Vierge, Martyre en Champagne;	*Veneranda:*	14. Nov.
Veneuse, Martyre à Port pres de Rome;	*Bonosa:*	15. Juill.
Verbourg, Vierge, Princesse d'Angleterre;	*Vereburgis, is:*	3. Février.
Verdienne, V. à Castelfloreutin en Toscane;	*Veridiana:*	1. Févr.
Vérene, Vierge à Bade;	*Verêna:*	1. Sept.
Vérone, Vierge à Louvain;	*Verôna:*	29. Aoust.
Vestine, Martyre à Carthage avec S Spérat;	*Vestina:*	17. Juill.
Victoire, Vierge & Martyre à R. sous Dece;	*Victoria:*	23. Déc.
Victorienne, Martyre à Milan;	*Victoriana:*	6. May.
Victorine, Martyre en Afrique;	*Victorina:*	26. Nov.
Viergue, bergere pres de Touars;	*Virgana:*	7. Janv.
Vilfetruit, V. Abbêsse de Nivelle;	*Vulfretudis, is:*	23. Nov.
Vilgéforte, la même que Ste Livrade, cy-après;	*Vilgefortis, is:*	20. Juill.
Vincienne, Vierge, h. à Saint-Bavon de Gand;	*Vinciana:*	11. Sept.
Viole, Vierge & Martyre, h. à Vérone;	*Viola:*	3. May.

Vitburge, Vierge au Comté de Norfolc;	*Vitburga:*	17. Mars.
Vivence, honorée à Cologne;	*Viventia:*	17. Mars.
Vivrede, Vierge, Recluse à Saint-Gal;	*Viborada:*	2. May.
Vivine, Vierge, Benedictine pres de Bruſſelles;	*Vivina:*	17. Déc.

U

Ubaldeſque, Vierge, Religieuſe à Piſe;	*Ubaldeſca:*	28. May.
Udegebe, Vierge pres de Spanheim;	*Udegeba:*	28. Juin.
Ulphe, Vierge, honorée à N D. d'Amiens;	*Ulphia:*	31. Janvier.
Urſule, Vierge & Martyre à Cologne;	*Urſula:*	21. Oct.

X

Xantippe, honorée en Eſpagne;	*Xantippa:*	23. Nov.
Xene, Abbêſſe pres d'Halicarnaſſe;	*Xena:*	24. Janv.

Y

Ybergue, Vierge pres d'Aire en Artois;	*Itiſberga:*	21. May.
Ye, honorée à Pendenis en Angleterre;	*Itha,*	25. Janv.
Yolaine, V. & M. à Plainecerf vers Guiſe;	*Iolana:*	17. Janv.
Yſoie, honorée en Vermandois;	*Euſebia:*	24. Juin.
Yvette, Veuve, Recluſe à Huy;	*Yveta:*	13. Janvier.
Yxte, V. dont il y a 1. Egl. à Yeſtetlen, D. de C.	*Yxta:*	25. Juill.

Z

Zenaïde, honorée à Conſtantinople;	*Zenaïs, idis:*	6. Juin.
Zénobie, Martyre en Cilicie;	*Zenobia:*	30. Oct.
Zingue; c'eſt la V. Kyngue, fille d'un R. d'Hon.	*Chunegundes, is:*	14. Juill.
Zite, Vierge à Lucques, honorée à Ancone;	*Zita:*	27. Avril.
Zoé, Martyre à Attalie en Pamphilie;	*Zoe, es:*	2. May.
Zoſime, Martyre à Port pres de Rome;	*Zoſima:*	15. Juill.
Zuarde, la même que ſainte Sure;	*Soteres, idis:*	10. Févr.

NOMS QUE L'ON NE TROUVE PAS AVOIR E'TE' portez par des Saints ou par des Saintes : & que toutefois on ne doit pas faire difficulté de recevoir aux Baptêmes pourvu qu'on les accompagne d'un nom de Saint ou de Sainte.

POUR LES GARÇONS.

Adémar, Aymar;	*Ademarus.*	Airvaud;	*Ariovaldus.*
		Alfonſe;	*Alfonſus.*

Alfred ; *Alfrîdus.*
Alvarez ; *Al arus.*
Amalaire, *Amalarius.*
Amanieu ; *Amanevus.*
Amaury ; *Amalarîcus.*
Anne ; *Annas, atis.*
Annibal ; *Annibal, alis.*
Anseau ; *Ansellus.*
Armand ; *Armandus.*
Artaud ; *Artaldus.*
Artus ; *Arturus.*
Ascagne ; *Ascanius.*
Astolf ; *Astulfus.*
Ataulf ; *Ataulfus.*
Auboüin ; *Albuinus.*
Azon, *Azo, onis.*
Balthazar ; *Balthazar, aris.*
Barpanthèr ; *Barpanther, eris.*
Beraud ; *Beraldus.*
Bernoin ; *Bernuinus.*
Boson ; *Boso, onis.*
Bouchard ; *Burcardus.*
Boulonguier ; *Belanchorius.*
César ; *Casar, aris.*
Cherubin ; *Cherubinus.*
Coriolan ; *Coriolanus*
Dece ; *Decius.*
Dieudonné ; *Deodonatus.*
Durand ; *Durandus.*
Edmèr ; *Eadmerus.*
Egasse ; *Egassius.*
Elbron ; *Adalbero, onis.*
Emenon ; *Emeno, onis.*
Esnard ; *Eginardus.*
Enguerran ; *Ingeltramnus.*
Ermenaud ; *Ermenaldus.*
Ernest ; *Ernestus.*
Fauques ; *Falco, onis.*
Ferry ; *Federîcus.*
Freculfe ; *Freculfus.*
Fulbert ; *Fulbertus.*
Galéasse ; *Galeacius.*
Galeran ; *Galerannus.*
Ganelon ; *Venilo, onis.*
Garsias ; *Garcias, a.*
Gaspar ; *Gaspar, aris.*
Gaston ; *Gasto, onis.*

Glabèr ; *Glaber, bri.*
Godemar ; *Godemârus.*
Gombaut ; *Gundebaldus.*
Gonthier ; *Gunterus.*
Guénégaud ; *Vinevaldus.*
Guérin ; *Varinus.*
Guerry ; *Vederîcus.*
Guibert ; *Guibertus.*
Guichart ; *Viscardus.*
Guigues ; *Guigo, onis.*
Gusman ; *Gusmannus.*
Hardouïn ; *Harduinus.*
Haymon ; *Hagemo, onis.*
Hector ; *Hector, oris.*
Herbert ; *Herbertus.*
Hercules ; *Hercules, is.*
Herman ; *Hermannus.*
Hildebrand ; *Hildebrandus*
Hildegaire ; *Hildegarius.*
Jonathas ; *Jonathas, a.*
Joscelin ; *Joscelinus.*
Jovien ; *Jovianus.*
Juhel ; *Juthael, elis.*
Imbaud ; *Ingelbaudus.*
Isoré ; *Isoreus.*
Kynimach ; *Kynimachus.*
Lancelot ; *Lancelotus.*
Landon ; *Landulfus.*
Lanfranc ; *Lanfrancus.*
Liziard ; *Eliziardus.*
Majorien ; *Majorianus.*
Manassès ; *Manasses, is.*
Manfroy ; *Manfredus.*
Maphée ; *Maphaus.*
Marguerin ; *Margarinus.*
Maynard ; *Magenardus.*
Mege ; *Medius.*
Melchior ; *Melchior, oris.*
Mévius ; *Mævius.*
Nicodême ; *Nicodemus.*
Nithard ; *Nithardus.*
Nivelon ; *Nivelo, onis.*
Oder ; *Oderus.*
Orderic ; *Ordericus.*
Palamedes ; *Palamedes, is.*
Pandolfe ; *Pandulfus.*
Rodolfe ; *Rodulfus.*

Roffroy ; *Rofrîdus.*
Rohaud ; *Rothaldus.*
Salvien ; *Salvianus.*
Sanche ; *Sancius.*
Savary ; *Savarîcus.*
Saugeon ; *Salvio, onis.*
Scévole ; *Scevola, æ.*
Scipion ; *Scipio, onis.*
Séraphin ; *Seraphinus.*
Taillerand ; *Taliarandus.*
Talvas ; *Talavatius.*
Tancrede ; *Tancaridus.*
Theophraste ; *Theophrastus.*
Theotynque ; *Theotynchus.*
Thibert ; *Theodebertus.*
Tibere ; *Tiberius.*
Tiberien ; *Tiberianus.*
Toussain, *Tussanus.*
Toussaint ; *Panagius.*
Tristan ; *Tristannus.*
Turpin ; *Tilpinus.*
Valafrid ; *Valafrîdus.*
Vespasien ; *Vespasianus.*
Vezians ; *Bedianus.*
Udauge ; *Udalvius.*
Xénophon ; *Xenophon, ontis.*
Xerxès ; *Xerxes, is.*
Xiphilin ; *Xiphilinus.*
Ygnon ; *Ynio.*
Ymbert ; *Ymbertus.*
Yncad ; *Ynchadus.*
Ysembert ; *Ysembertus.*
Zongues ; *Zungus.*
Zyxilanes ; *Zyxilanes, is :*

& plusieurs autres, usitez dans des familles anciennes.

POUR LES FILLES.

Abigaïl ; *Abigail*, ind.
Adrienne ; *Hadriana.*
Albertine ; *Albertina.*
Alboflede ; *Albofledis.*
Aldearde ; *Aldeardis.*
Alfonsine ; *Alfonsina.*
Aliénor ; *Alienordis, is.*
Amalthée ; *Amalthea.*
Amaltrude ; *Amaltrudis.*
Angélique ; *Angelica.*
Argine ; *Argina.*
Ariadné ; *Ariadne, es.*
Athénaïs ; *Athenais, idis.*
Augine ; *Algina.*
Basine ; *Basina.*
Bérénice ; *Berenice, es.*
Bertaude ; *Berteldis.*
Bileheu ; *Bilechildis.*
Blanche ; *Blanca.*
Blithilde ; *Blithildis.*
Chérubine ; *Cherubina.*
Chrodielde ; *Chrodieldis.*
Cynthie ; *Cynthia.*
Cométrude ; *Cometrudis.*
Diane ; *Diana.*
Emée ; *Edmunda.*
Epivoize ; *Epipodia.*
Eremburge ; *Eremburgis, is.*
Erneste ; *Ernesta.*
Euphronie ; *Euphronia.*
Fabie ; *Fabia.*
Fastrade ; *Fastrada.*
Florentine ; *Florentina.*
Galsonde ; *Galsundis.*
Godeheu ; *Godechildis.*
Gordienne ; *Gordiana.*
Guionne ; *Vidona.*
Hermengarde ; *Hermengardis.*
Hermentrude ; *Hermentrudis.*
Hersende ; *Hersendis.*
Huguette ; *Hugoneta.*
Jornande ; *Jornandis.*
Jucondine ; *Jucundina.*
Ingoberge ; *Ingoberga.*
Ingonde ; *Ingundis.*
Innocente ; *Innocens, entis.*
Lampage ; *Lampadia.*
Landeline ; *Landelina.*
Lébézonne ; *Lavedona.*
Louvrecine ; *Lupercina.*
Lubine ; *Leobina.*
Macolde ; *Macoldis.*

Maflée ;	*Magdefledis.*	Rofemonde ;	*Rofimunda.*
Méroflede ;	*Merofledis.*	Sclérémonde ;	*Exclarimunda.*
Milcheu ;	*Milechildis.*	Séraphine ;	*Seraphina.*
Nanthilde ;	*Nanthildis.*	Sibylle ;	*Sibylla.*
Nectarie ;	*Nectaria.*	Theodelinde ;	*Theodelindis.*
Némefe ;	*Nemefis, is.*	Tiphaine ;	*Theophania.*
Némésie ;	*Nemesia.*	Vérarque ;	*Verarca.*
Octavie ;	*Octavia.*	Vige ;	*Vibia.*
Oliviere ;	*Olivaria.*	Ultrogothe ;	*Ultrogotha.*
Olympie ;	*Olympia.*	Uranie ;	*Urania.*
Orgonne ;	*Oregundis.*	Ysingarde ;	*Ysingardis.*
Renée ;	*Renata.*	Zélie ;	*Zelia.*
Rhodopie ;	*Rhodopia.*	Zénonie ;	*Zenonia.*
Rofcelinde ;	*Rofcelindis.*	Zéphyrine ;	*Zephyrina.*

& plufieurs autres noms, ufitez dans des familles anciennes.

Ceux ou celles qui ne font pas encore nommez font appelez

Anonyme ;	*Anonymus.*	Anonyme ;	*Anonyma.*

NOMS DE SAINTS OUBLIEZ, ou mal qualifiez dans le cours de l'impreffion; ou, dont le lieu ou le jour fe trouvent mal marquez.

Abibe, Diacre d'Edeffe, Martyr ;	*Abibus* :	15. Nov.
Abonde, Martyr à Rome avec un autre ;	*Abundius* :	26. Aouft.
Acca, Evêque d'Hagulftad en Angleterre ;	*Acca, æ* :	20. Oct.
Adelard, *ou* Aflard, Abbé de Corbie ;	*Adalardus* :	2. Janv.
Agapet, Pape, mort à Conftantinople ;	*Agapetus* :	17. Avril.
Agnel, Abbé d'un des Monafteres de Naples ;	*Agnellus* :	14. Déc.
Agolin, honoré en Auvergne ;	*Aquilinus* :	.....
Agrece, Evêque de Treves ;	*Agrœcius* :	13. Janv.
Agulis, honoré en Languedoc ;	*Aquilinus* :	......
Alberigue, Solitaire au Diocefe de Sarfine ;	*Albericus* ;	29. Aouft.
Alcime, furnommé Avit, Ev. de Vienne en D.	*Alcimus* :	5. Févr.
Alman, patron de Quincé en Anjou ;	*Allemannus* :	4. Avril.
Almaque, M. à R. le même que St Almache ;	*Almachius* :	1. Janv.
Aloin, mal nommé Martyr pour Moine ;	*Alonius* :	4. Juin.
Aloph, le même que St Eliphe M. à Toul ;	*Eliphius* :	16. Oct.
Altigien, martyrizé à S. Seine par les Sarafins ;	*Altigianus* :	23. Aouft.
Ambrois, de Cahors, mal nommé Ambroife ;	*Ambrofius* :	16. Oct.
Amphibas, Homiliographe en Angleterre ;	*Amphibalus* :	25. Juin.
Aproncule, le même que St Evrouil ;	*Aprunculus* :	14. May.
Arban, h. en Forès, le même que St Urbain ;	*Urbanus* :	25. May.
Argée, Martyr à Tomes au Pont ;	*Argaus* :	1. Janv.
Armel, Breton, qui fut fept ans à Paris ;	*Armagilus* :	16 Aouft.
Afclipe, h. à Saint-Laurent de Boerges ;	*Afclepius* :	2. Janv.
Affe, le même que St Afaph ;	*Afaph, aphis* ;	1. May.

Aſtere, M. à Eges avec S. Claude & S. Neon ;	*Aſterius :*	23. Août.
Aſtyre, qui donna la ſepulture à S. Marin ;	*Aſtyrius :*	7. Aouſt.
Avoge, honoré au Comté de Tyrconnel ;	*Dabeocius :*	.....
Avoy ou Avoie, le même que St Avit ;	*Avîtus :*	17. Juin.
Avre, Prêtre à Grenoble ;	*Aper, pri :*	......
Aubrinx, dit auſſi Auvry ; c'eſt St Aubry ;	*Alberîcus :*	7. Janv.
Baruch, Prophete ;	*Baruch*, indecl.	28. Sept.
Baudime, C. à Saint-Netere ;	*Baudimius :*	2. Janv.
Bauſſens, le même que S. Bauſſenge ;	*Balſemius :*	15. Aouſt.
Bede, mal nommé Martyr pour Moine ;	*Beda :*	25. May.
Bellique, Martyr en Afrique ;	*Bellicus :*	4. May.
Bernouart, Evêque d'Hildesheim en Saxe ;	*Bernualdus :*	20. Nov.
Boîle, le même que S. Baudille, en Catalogne ;	*Baudelius :*	20. May.
Boïthazates, Eunuque, Martyr en Perſe ;	*Boithazates, is :*	20. Nov.
Bourgin, h. dans le 15 ſiecle à Toarcé en Anjou ;	*Burginus :*	18. Nov.
Brandain, Abbé de Cluainfert en Irlande ;	*Brandanus :*	16. May.
Brix, M. pres d'Auxerre avec S. Cot & autres ;	*Priſcus :*	26. May.
Cadeold, Evêque de Vienne en Daufiné ;	*Cadeoldus :*	14. Janv.
Carpe, Evêque de Thyatire, M. à Pergame ;	*Carpus :*	13. Avril.
Catulin, mal nommée Caulin cy-devant ;	*Catulinus :*	15. Juill.
Céleſtin, Pape, V. du nom ; puis Solitaire ;	*Celeſtinus :*	19. May.
Chadoind, le même que St Hardouin ;	*Haduindus :*	20. Aouſt.
Cizy, h. comme M. à Rieux en Languedoc ;	*Cizius :*	16. Aouſt.
Concorde, Prêtre, martyrizé à Spolete ;	*Concordius :*	1. Janv.
Concorz, Evêque de Saintes ;	*Concordius :*	25. Févr.
Conocain, Ev. de Quimper, h. à Montreuil ;	*Guenegannus :*	15. Oct.
Conon, Sabaïte à Penthucle en Paleſtine ;	*Conon, onis :*	19. Févr.
Corbican, Irlandois ;	*Corbicanus :*	26. Juin.
Corbré, Ev. de Cluain-muc-noïs en Irlande ;	*Corpreus :*	6. Mars.
Cormeil, le même que S. Carmery ;	*Calmininus :*	19. Aouſt.
Cot, M. pres d'Auxerre avec pluſieurs autres ;	*Cottus :*	26. May.
Crêple, Martyr en Eſpagne ;	*Criſpulus :*	10. Juin.
Criſpin, Evêque de Pavie ;	*Criſpinus :*	7. Janv.
Cucufat, le même que S. Cougat ;	*Cucufas, atis :*	25. Juill.
Cyrin, M. pres de Cyzique en Hélleſpont ;	*Cyrinus :*	3. Janv.
Daudat, M. en Thrace avec d'autres ;	*Daudas, atis :*	7. Mars.
Dauphin, Evêque de Bordeaux ;	*Delphinus :*	24. Déc.
Dé, le même que S. Moëg, h. en Bretagne ;	*Ædus* ou *Maïdoc?* :	18. May.
Déusdedit, Abbé de Moncaſſin ;	*Deusdedit*, indecl.	9. Oct.
Die, Acémete à Conſtantinople ;	*Dius :*	19. Juill.
Diegre, Abbé d'Hernried en Allemagne ;	*Deocarus :*	7. Juin.
Diſbot, honoré pres de Spanheim ;	*Diſibôdus :*	8. Sept.
Dizier, le même que S. Didier de Langres ;	*Deſiderius :*	23. May.
Domece, Martyr à Niſibe ;	*Dometius :*	7. Aouſt.
Dône, ou Doſne, le même que S. Tannoley ;	*Domnolus :*	1. Déc.
Donnin, Martyr en Italie ;	*Domninus :*	9. Oct.
Donnis, premier Evêque de Digne ;	*Domninus :*	13. Févr.
Druon, comme on dit à Sebourg ; c'eſt S. Dreux ;	*Drogo, onis :*	16. Avril.
Dumîny, C. en Limouſin *mal mis* Limoge ;	*Dominius :*	13. Nov.

Ebles, honoré en Auvergne ;	*Ebulo, onis* :	. . . . .
Egat, le même que St Agapit, à Tréguiér ;	*Agapetus* :	18. Aoust.
Egbert, Ev. de Treves du temps d'Othon II.	*Echbertus* :	9. Déc.
Egelmot, Préc. du R. Canut, puis Ar. de Cant.	*Achelnotus* :	30. Oct.
Egemoin, Martyr à Autun ;	*Egemonius* :	8. Janv.
Elric, Convers de l'Ordre de Prémôntré ;	*Aldericus* :	6. Févr.
Elsiaire, mal imprimé Martyr pour Moine ;	*Adelzarius* :	5. Juin.
Emilien, mal imprimé Martyr pour Moine ;	*Æmilianus* :	11. Oct.
Eon, Evêque d'Arles ;	*Æonius* :	3. Aoust.
Erasme, le même que St Elme ou Yreaume ;	*Erasmus* :	3. Juin.
Ermenold, Abbé à Ratisbonne ;	*Erminoldus* :	6. Janv.
Ernié, Confesseur à Ceauçay au Maine ;	*Irenæus* :	9. Aoust.
Espre, Martyr à Attalie en Pamphille ;	*Exuperius* :	2. May.
Evergisle, Ev. de Cologne, M. à Tongres ;	*Evergisilus* :	8. Juill.
Evrouil, Evêque de Clermont ;	*Aprunculus* :	14. May.
Euillin, le même qu'Oeuillin ;	*Aquilinus* :	19. Oct.
Eustrace, Moine pres de Nicomédie ;	*Eustratius* :	9. Janv.
Fens, Evêque de Padoue ;	*Fidentius* :	16. Nov.
Fergeon, Martyr à Besançon avec S. Fargeau ;	*Ferrutio, onis* :	16. Juin.
Fieque, Evêque de Sclept en Irlande ;	*Fecus* :	15. Oct.
Filan, Abbé en Ecosse ;	*Filanus* :	9. Janv.
Foillan, h. à S. Pierre d'Abbeville ;	*Foïllanus* :	31. Oct.
Frichoux, h. à Carcassonne ; c'est S. Fructueux ;	*Fructuosus* :	21. Janv.
Gene, Confesseur à Létoure, h. à Moissac ;	*Hyginius* :	3. May.
Grapasy, le même que S. Caprais ;	*Caprasius* :	20. Oct.
Gighel, Prince de Bretagne ;	*Judicaël, ilis* :	16. Déc.
Gobdelas, Martyr en Perse,	*Gobdelaas, aa* :	29. Sept.
Gombert, M. à Oldenzel, Diocese d'Utrect ;	*Chunibertus* :	29. Avril.
Gondelé, Prince de Galles ;	*Gunthleus* :	29. Mars.
Gorde, M. en Cappadoce, loué par S. Basile ;	*Gordius* :	15. Janv.
Guécanton, honoré à S. Magloire de Paris ;	*Viunganto, onis* :	7. Déc.
Guérec, Disciple de S. Tugal ;	*Varocus* :	17. Févr.
Guillèm, 1er Duc d'Aquitaine ; puis Moine ;	*Guillelmus* :	28. May.
Gurias, M. à Edesse avec St Abibe & S. Samonas ;	*Gurias, æ* :	3. Nov.
Hervieu, le même que St Hervé l'Exorciste ;	*Hærveus* :	18. Juin.
Hilloine, le même que S. Theau ou Thilman ;	*Thillo, onis* :	7. Janv.
Hygin, Pape ;	*Hyginus* :	11. Janv.
Hypace, Ev. de Gangres en Paphlagonie, M.	*Hypatius* :	31. Mars.
Jacinthe, mal ortographié cy-devant ;	*Hyacinthus* :	15. Aoust.
Jarlarée, Evêque de Tuam en Irlande ;	*Hrerlacius* :	26. Déc.
Joachim, pere de la sainte Vierge ;	*Joachim*, ind.	20. Mars.
Joathas, hon. comme M. à Bélune ;	*Joathas, æ* :	22. May.
Jore, h. comme Ev. à Béthune où est son corps ;	*Jorius* :	26. Juill.
Josceran, Moine de Cruaz en Vivarais ;	*Josceramnus* :	. . . . . .
Jure, le même que S. Georges ;	*Georgius* :	23. Avril.
Irtel ; surnom de S. Lulle, Ev. de Maïence ;	*Irtellus* :	16. Oct.
Isaïe, Prophete ;	*Isaïas, æ* :	6. Juill.
Israël, Préchentre de Dorat en Limousin ;	*Israel, elis* :	22. Déc.

Ityere,

Ityere, Confesseur en Franchecomté ;	*Imiterius* :	31. Juill.
Ladre, le même que S. Lazare ;	*Lazarus* :	17. Déc.
Lifouin, Prêtre missionaire en Overissel ;	*Lebuinus* :	12. Nov.
Ligaire, Evêque de Saintes ;	*Leodegarius* :	13. Nov.
Limin, en Anjou ; est-ce le même que Linguin?	*Liminius* :	29. Mars.
Lindan, Abbé à Sesse pres de Piperne ;	*Lidganus* :	2. Juill.
Lothier, C. à Arque au Diocese d'Aquin ;	*Eleutherius* :	29. May.
Lulle, surnommé Irtel, Evêque de Maïence ;	*Lullo, onis* :	16. Oct.
Lumiér, Evêque de Châlons en Champagne ;	*Leodemîrus* :	30. Sept.
Malo, le même que S. Maclou ;	*Macutus* :	15. Nov.
Manços, martyrizé par les Juifs en Portugal ;	*Mancius* :	21. May.
Mandal, Martyr à Rome avec deux autres ;	*Mandal, alis* :	10. Juin.
Mandele, honoré chez les Grecs ;	*Mandelius* :	16 Aoust.
Manuel, Ambassad. de Perse vers Jul. l'Ap. M.	*Manuel, elis* :	17. Juin.
Martory, Martyr au Diocese de Trente ;	*Martyrius* :	29. May.
Mavile, Martyr à Adrumete ;	*Mavilus* :	11. May.
Mnésithée, Laboureur, M. à Perge en Pãphilie ;	*Mnesitheus* :	1. Aoust.
Moce, M. à Byzance, le même que S. Muce ;	*Mocius* :	11. May.
Navit, Evêque de Treves ;	*Navitus* :	7. Juill.
Needs, Moine en Angleterre ;	*Neothus* :	31. Juill.
Nivard, Evêque de Reims ;	*Nivardus* :	1. Sept.
Ode, Abbé de Clugny, le même que St Odo ;	*Odo, onis* :	18. Nov.
Odrain, Irlandois ;	*Odranus* :	19. Févr.
Offange, est-ce le même que S. Volfgang,	*Volfgangus?*	31. Oct.
Olleguiér, Evêque de Barcelone ;	*Oldegarius* :	6. Mars.
Oreste, Martyr pres de Ravenne ;	*Edistius* :	12. Oct.
Osias, C. hon. autrefois à Constantinople ;	*Osias* :	18. Nov.
Ouïd, ou Ouy, C. pres de Buitrague en Castille ;	*Audîtus* :	3. Juin.
Oury, le même que St Ulric ;	*Udalrîcus* :	4. Juill.
Papyle, Martyr à Pergame en Mysie ;	*Papylus* :	13. Avril.
Pastour, le même que S. Pasteur d'Alcala ;	*Pastor, oris* :	6. Aoust.
Pelade, Ev. d'Embrun, h. en Catalogne ;	*Palladius* :	7. Janv.
Pinien, époux de saint Mélanie ;	*Pinianus* :	......
Pirain, C. dans la Cornuaille en Angleterre ;	*Piranus* :	2. May.
Quart, martyrizé avec S. Xyste à Rome ;	*Quartus* :	6. Aoust.
Reinold, Architecte, h. comme M. à Cologne ;	*Reïnoldus* :	....
Reole, Evêque de Reims ;	*Regulus* :	25. Nov.
Sabel, Ambassadeur de Perse, M. à Constant.	*Sabel, elis* :	17. Juin.
Salvateur, Ev. de Belune en la M. Trevisane ;	*Salvator, oris* :	3. Janv.
Samonas, décapité pour la Foy à Edesse ;	*Samonas, æ* :	15. Nov.
Silain, honoré à Brantôme ;	*Silanus* :	2. Janv.
Sobel, Martyr Egyptien ;	*Sobel, elis* :	5. Aoust.
Sosithée, M. h. autrefois à Constantinople ;	*Sositheus* :	10. Déc.
Spin, premier Prieur de Saint-Basile en Vôge ;	*Spinulus* :	1. Aoust.
Stan, h. vers Namur, le même que S. Stapin ;	*Stapinus* :	6. Aoust.
Tanneguy, Abbé de S. Mahé Finetterre en Bret.	*Tanneguidus* :	12. Mars.
Taraise, Patriache de Constantinople ;	*Tarasius* :	25. Févr.
Theoïde, Martyr chez les Grecs ;	*Theoidus* :	5. Janv.

Troade, Martyr en Asie sous Dece ;	*Troadius :*	2. Mars.
Valthen, Abbé en Ecosse ;	*Valthenus*	3. Aoust.
Vambert, Curé de Saint-Pierre sur Dive ;	*Vambertus :*	26. Juin.
Vaneng, cy-devant dit S. Varang ;	*Vaningus :*	9. Janv.
Vérédême, Solitaire au Diocese d'Usèz ;	*Veredemus :*	20. Aoust.
Victurnien, Solitaire, h. en Limousin.	*Victurnianus :*	30. Sept.
Volfelme, h. à Brauvilér & à Cologne ;	*Volfelmus :*	22. May.
Volfgang, Evêque de Ratisbonne ;	*Volfgangus :*	31 Oct.
Vulsin, Ev. de Scherborne en Angleterre ;	*Vulsinus :*	8. Janv.
Ultain, Abbé à Péronne, frere de S. Fursy ;	*Ultanus :*	1. May.
Xanthias, Solitaire au Desert de Scété ;	*Xanthias, æ :*	....
Xenat, honoré à Saint-Vincent de Viviers ;	*Xenatus :*	....
Ythamar, Evêque de Rochester ;	*Ythamar, aris :*	10. Juin.
Zébinas, Martyr à Cèsarée en Palestine ;	*Zebinas, æ :*	13. Nov.

NOMS DE SAINTES OUBLIÉES, ou mal qualifiées dans le cours de l'impression ; ou, dont le lieu ou le jour se trouvent mal marquez.

ALene, h. à Forest pres de Brusselles ;	*ALena :*	....Juin.
Algive, Reine d'Angleterre ;	*Aëlgyfa :*	30. Juin.
Animaïde, M. sur les rives du Danube ;	*Animais, idis :*	26. Mars.
Anthille, honorée à Arezzo en Toscane ;	*Anthilia :*	24. Sept.
Arquélaïde, honorée à S. Georges de Salerne ;	*Archelais, idis :*	18. Janv.
Aste, Vierge & Martyre en Perse ;	*Aste, es :*	20. Nov.
Astérie, Vierge & Maryre à Bergame ;	*Asteria :*	10. Aoust.
Athracte, Vierge en Irlande ;	*Athracta :*	11. Aoust.
Avace, h. à Bélune en la Marche-Trevisane ;	*Avatia :*	20. Juin.
Audegonde, h. à Emeric ; c'est Ste Aldegonde ;	*Aldegundis, is :*	30. Janv.
Auguste, h. à Séraval en la Marche-Trevisane ;	*Augusta :*	27. Mars.
Aunoflette ; c'est Ste Noflete ;	*Hagnefledis, is :*	30. Nov.
Baïque, Religieuse, Martyre en Perse ;	*Baicha :*	20. Nov.
Balsamie, de laquelle il y a une Eglise à Reims ;	*Balsamia :*	14. Nov.
Belline, V. honorée à Maure en Champagne ;	*Bellina :*	8. Sept.
Benigne, Cistercienne, Martyre à Vratislavie ;	*Benigna :*	20. Juin.
Bernardine, Tierceline de S. François en Esp.	*Bernardina :*	21. Sept.
Bernice, mal imprimée Bérénice cy-devant ;	*Bernice, es :*	4. Oct.
Calamandre, h. c. V. & M. à Calaffe en Cat.	*Calamandis, is :*	5. Févr.
Callisthene, Vierge, mentionnée aux Ménées ;	*Callisthene, es :*	4. Oct.
Cance, h. comme V. & M. à Toscanelle ;	*Cantia :*	20. Nov.
Capitoline, M. en Cappadoce sous Zélicinthe ;	*Capitolina :*	27. Oct.
Casdoé, femme mariée, Martyre en Perse ;	*Chasdoë, es :*	29. Sept.
Césaire, Vierge, sœur de S. Césaire d'Arles ;	*Casaria :*	12. Janv.
Colette, V. dont le nom étoit Nicole Boillet ;	*Coleta :*	6. Mars.
Concorde, martyrizée avec St Hippolyte ;	*Concordia :*	13. Aoust.
Consolte, h. à Gennes en l'Egl. de son nom ;	*Consolata :*	5. Déc.
Couronne, Martyre en Syrie ;	*Corona :*	14. May.

Cyriene, Martyre à Tarſe en Cilicie ;	*Cyriane, es:*	1. Nov.
Derphute, mentionnée au Martyrol. de Sirlet ;	*Derphuta :*	20. Mars.
Dinach, Religieuſe en Perſe ;	*Dinach*, ind.	20. Nov.
Dode, V. dont il y a une Egl. au D. d'Auſche ;	*Doda :*	26. Sept.
Domne, Vierge Martyre à Nicomédie ;	*Domna :*	18. Déc.
Domnine, M. à Alep ; mal marquée V. cy-d.	*Domnina :*	4. Oct.
Donatelle, M. à Tuburbule dans la Zeugitane ;	*Donatella :*	30. Juillet.
Donuine, M. à Eges en Cilicie ſous Lyſias	*Donuina :*	23. Aouſt.
Dulciſſime, honoré comme V. & M. à Sutri ;	*Dulciſſima :*	16. Sept.
Edigne, V. invoquée en Baviere ;	*Edigna :*	26. Févr.
Eglentine ;	*Valentina :*	......
Elpide, Martyre à Lyon ;	*Elpis, idis :*	2. Juin.
Encratide, la même que Ste Engraſſe cy-dev.	*Encratis, idis :*	24. Aouſt.
Epiſtème, femme mariée, Martyre à Emeſe ;	*Epiſtemis, is :*	5. Nov.
Eraſme, Vierge & Martyre à Aquilée ;	*Eraſma :*	19. Sept.
Ermine, mal nommée cy-devant *Ermina* ;	*Irmina :*	24. Déc.
Erguate, Religieuſe en Irlande ;	*Ergnata :*	8. Janv.
Euprépie, ſervante, Martyre à Auſbourg ;	*Euprepia :*	21. Aouſt.
Euſébie, hon. comme V. & M. à Bergame ;	*Euſebia :*	29. Oct.
Fauſtine, Vierge à Come ;	*Fauſtina :*	15. Janv.
Fercinte, honorée à Luray en Poitou ;	*Ferrocincta :*	13. Nov.
Finſeque, V. h. à Thryme en Irlande ;	*Finſecha :*	13. Oct.
Floride, Martyre en Afrique ;	*Florida :*	18. Janvier.
Grace, comme on dit à Oleron pour Encratide ;	*Encratis, idis :*	24. Aouſt.
Gudélie, Martyre en Perſe ;	*Gudelia :*	29. Sept.
Guiborat, la même que Vivrede ou Guivrée ;	*Viborada :*	2. May.
Helconide, Martyre à Corinthe ;	*Heliconis, idis :*	28. May.
Héliade, Abbêſſe à Treves ;	*Helias, adis :*	20. Juin.
Hildeburge, morte à Pontoiſe ; ſans culte ;	*Hildeburgis, is :*	3. Juin.
Hildegarde, V. Supérieure de Mont-S. Rupert ;	*Hildegardis, is :*	17. Sept.
Joconde, Vierge à Regge ;	*Jucunda :*	25. Nov.
Juconde, M. à Nicomédie, cy-dev. Joconde ;	*Jucunda :*	27. Juillet.
Jutte, V. Recluſe à S. Diſbot pres Spanheim ;	*Juditha :*	22. Déc.
Leocrice, V. & M. à Cordoue en Eſpagne ;	*Leocritia :*	15. Mars.
Leomaie, V. la même que Ste Neomaie ;	*Neomadia :*	13. Janv.
Leonide, Martyre à Palmyre en Syrie ;	*Leonis, idis :*	....
Libérate, V. h. à Come, mal déſignée par Liv.	*Liberata :*	18. Janvier.
Libre, V. h. à Vérone en une Egl. de ſon nom ;	*Libera :*	21. Avril.
Limbagne, V. R. aux Filles S. Thomas à Gennes.	*Limbania :*	16. Aouſt.
Livrade, hon. comme V. & M. en Agenois ;	*Liberata :*	23. Févr.
Loumaze, la même que ſainte Neomaie ;	*Neomadia :*	13. Janv.
Luftolde, V. honorée pres de Reimbach ;	*Leuchteldis :*	22. Janv.
Lupite, Vierge en Irlande ;	*Lupita :*	27. Sept.
Malque, Vierge, Religieuſe, Mart. en Perſe ;	*Malchia :*	20. Nov.
Mame, Rel. M. compagne de la précédente ;	*Mama :*	20. Nov.
Mamyque, martyrizée avec St Arpylas ;	*Mamyca :*	26. Mars.
Manatho, V. & M. en Paleſtine ſous Maxys ;	*Ennathas, antis :*	13. Nov.
Marane, Solitaire, Recluſe avec Ste Cyre ;	*Marana :*	......

Materne, Martyre à Lyon;	*Materna*:	2. Juin.
Matrone, servante d'une Juive ; M. à Thessal.	*Matrona*:	15. Mars.
Mazote, V. patrone de Dulmach en Ecosse ;	*Mazota*:	21. Aoust.
Mènehoud, Vierge en Champagne ;	*Manechildis, is*:	14. Oct.
Milguie, V. sœur de Ste Mildrede ;	*Milvida*	17. Janv.
Modovene, Abbêsse en Angleterre ;	*Modovena*:	5. Juill.
Moïco, Gothe, M. sous Vingurich ;	*Moïco*, indecl.	26. Mars.
Nennoque, V. Instit. d'un Mon. en Bretagne,	*Nennoca*:	4. Juin.
Netesse, h. à Autun ; c'est Ste Anastase ;	*Anastasia*:	25. Déc.
Noyale, h. à Pontivy au Dioc. de Vennes ;	*Noiola*	.....
Nuneque, Martyre à Corinthe avec d'autres ;	*Nunechia*:	16. Avril.
Offe, la même que Ste Ulphe, cy-devant ;	*Ulphia*:	31. Janv.
Olaille, la même que Ste Eulalie ;	*Eulalia*:	12. Févr.
Oldrade, V. mal nommée cy-devant *Odrada* ;	*Oldrada*:	3. Nov.
Orbaine, M. marquée au Mrl. hiéronymique ;	*Orbana*:	12. Février.
Oringue, Vierge en Toscane ;	*Oringa*:	4. Jauv.
Osanne, Vierge à Mantoue ;	*Osanna*:	18. Juin.
Othilde, Religieuse en Allemagne;	*Othildis*:	16. Nov.
Pandione, la même que Ste Panduine ;	*Panduina*:	26. Aoust.
Parascève, Martyre, honorée par les Grecs ;	*Parasceve, es*:	26. Juill.
Pegue, la même que sainte Pée ;	*Pega*:	9. Janv.
Phébé, habitante de Corinthe ;	*Phœbe, es*:	3. Sept.
Philomene, V. à San-Sévérino en la M. d'Anc.	*Philomene, es*:	5. Juillet.
Photine, Martyre en Orient ;	*Photina*:	20. Aoust.
Pie, M. à Carthage en Place-Ficaire ;	*Pia*:	19. Janv.
Piste, Vierge, martyrizée sous Adrien ;	*Pistis, is*:	17. Sept.
Prece, patrone d'Epinal, la m. que Ste Avrince ;	*Aprincia*:	22. Juin.
Prosdoce, V. & M. à Alep pour la pureté ;	*Prosdoce, es*:	4. Oct.
Quitiere, la même que Ste Quitere ;	*Quiteria*:	22. May.
Rachilde, Recluse à Saint-Gal ;	*Rachildis*:	23. Nov.
Raveneuse, honorée comme V. en Sicile ;	*Ravenosa*:	8. Déc.
Renofre, V. la même que Ste Reinofle ;	*Ragenulfa*:	14. Juill.
Renule, V. Abb. d'Aldeneic pres de Maseic ;	*Reinila*:	6. Févr.
Rolleinde, V morte pres de Namur ;	*Rollendis*:	13. May.
Rusticle, la même que Ste Rusticule ;	*Rusticula*:	11. Aoust.
Segrette, la même que sainte Segrauz ;	*Sigrada*:	4. Aoust.
Serene, h. à Mets, comme Martyre de Spolete ;	*Serena*:	30. Janvier.
Serotte, la même que sainte Seraute ;	*Sicildis, is*:	22. Juin.
Sigillinde, V. h. aux Maccabées de Cologne ;	*Sigillindis*:	30. Aoust.
Tentide, Religieuse, M. en Perse ;	*Tentis, idis*:	20. Nov.
Tharatte, la même qu'Athracte en cette liste ;	*Athracta*:	11. Aoust.
Theophanon, Impératrice ;	*Theophano*:	16. Déc.
Véronique, Religieuse à Ste Marthe de Milan ;	*Veronica*:	13. Janv.
Vilfetruy, mal nommée *Vulfretudis* pour	*Vulfetrudis*:	23. Nov.
Visse, h. à Fermo en la Marche d'Ancone ;	*Vissia*:	12. Avril.
Yde, Comtesse, fondatrice de Fisquinge ;	*Itta*:	3. Nov.
Yphenge, la même que Ste Euphémie ;	*Euphemia*:	16. Sept.
Yxte, V. cy-dev. h. au Dioc. de Constance ;	*Ixta*:	25. Juill.

FIN.

www.ingramcontent.com/pod-product-compliance
Ingram Content Group UK Ltd.
Pitfield, Milton Keynes, MK11 3LW, UK
UKHW021634260726
13994UKWH00003B/1183

9 782329 41937